MW00676516

LA DOUBLE MÉPRISE

Dans la même collection :

BALZAC, Adieu.
Le Chef-d'œuvre inconnu.
La Maison du Chat-qui-pelote.
Les Secrets de la princesse de Cadignan.
CHAMISSO, L'Étrange Histoire de Peter Schlemihl.
CHARLES D'ORLÉANS, L'Écolier de Mélancolie.
CHRISTIE, Les Plans du sous-marin.
COLETTE, Les Vrilles de la vigne.
La Ronde des bêtes.
Gribiche.
CONAN DOYLE, Le Mystère du Val Boscombe.
DIDEROT, Supplément au Voyage de Bougainville.
Les Deux Amis de Bourbonne.
Lettre sur les aveugles.
FLAUBERT, Un cœur simple.
FRANCE, Les Autels de la peur.
GAUTIER, Arria Marcella.
HOFFMANN, Mademoiselle de Scudéry.
HUGO, Claude Gueux.
JARRY, Ubu roi.
LABICHE, La Cagnotte.
LEBLANC, L'Arrestation d'Arsène Lupin.
LONGUS, Daphnis et Chloé.
LUCIEN, Philosophes à vendre.
MARIE DE FRANCE, Le Lai de Lanval.
MAUPASSANT, La Parure.
Le Horla.
Une partie de campagne.
MÉRIMÉE, La Vénus d'Ille.
Lokis.
Les Âmes du purgatoire.
NERVAL, La Main enchantée.
Aurélia.
Sylvie.
NODIER, Trilby.
PLATON, Apologie de Socrate.
PLUTARQUE, Vie d'Alcibiade.
RACINE, Les Plaideurs.
RENARD, Poil de Carotte.
SCHWOB, Le Roi au masque d'or.
SÉNÈQUE, Médée.
STEVENSON, L'Étrange Cas du Dr Jekyll et de Mr Hyde.
SUÉTONE, Vie de Néron.
TCHEKHOV, La Steppe.
VIGNY, La Maison du berger.
VOLTAIRE, La Princesse de Babylone.
WILDE, Le Portrait de Mr. W.H.
Le Prince heureux et autres contes.
XXX, Chansons d'amour du Moyen Âge.
Le Jugement de Renart.
La Mort de Roland.
Anthologie de la poésie française — de Villon à Verlaine.
ZWEIG, Les Prodiges de la vie.
Printemps au Prater.

PROSPER MÉRIMÉE

La Double Méprise

Texte présenté et annoté par Jean Balsamo

LE LIVRE DE POCHE

INTRODUCTION

Dans une lettre du 3 août 1857 adressée à Mme de La Rochejaquelein, Mérimée portait un jugement sévère sur *La Double Méprise*, cette longue nouvelle écrite un quart de siècle plus tôt :

> Veuillez ne pas la lire. C'est un de mes péchés faits pour gagner de l'argent, lequel fut offert à quelqu'un qui ne valait pas grand'chose [1].

Cette irritation tenait au succès momentané de l'œuvre, un succès très parisien de scandale et d'incompréhension. Lors du procès fameux, intenté à l'auteur de *Madame Bovary*, l'avocat de Flaubert avait cherché à justifier un passage incriminé, la scène du fiacre au cours de laquelle Emma se donnait à Léon, en rappelant que Mérimée en avait fourni le modèle, et avec quel art, dans *La Double Méprise*, « un des plus merveilleux romans sortis de la plume d'un honorable membre de l'Académie française ». On reprochait à Mérimée cette scène, depuis la parution, et il s'en était déjà expliqué auprès de la prude Mary Clarke : « Parce que *They don't order these matters so in England*, ce n'est pas une raison pour que le sentiment n'aille pas vite en voiture sur le continent et dans les parties policées du monde chrétien. Demandez à Mme la duchesse d'Abrantès comment les aides de camp de son auguste époux procédaient à leurs déclarations quand ils la

---

1. *Correspondance générale*, VIII, p. 345.

reconduisaient[1]. » La nouvelle valait mieux que la seule allusion érotique qu'on y trouvait. Mais pour Mérimée, elle était gâchée par ce rapprochement indiscret, et quitte à la renier, il préférait lui trouver des défauts qui lui fussent personnels plutôt que d'assumer ceux qui étaient reprochés à un jeune confrère. Ces défauts, de surcroît, ne touchaient en rien l'œuvre elle-même.

Achevée au cours de l'été 1833, publiée partiellement en août dans la *Revue de Paris*, la nouvelle parut dès le mois de septembre 1833, en un volume in-octavo d'une justification peu habituelle, péniblement atteinte par l'emploi d'un gros caractère. Nouvelle trop longue pour une revue, c'était un roman trop court pour remplir un volume. Assurément la parution, qui suivait celle de *Mosaïque* de trois mois à peine, avait été hâtée. Mérimée, qui préparait le dîner somptueux qu'il allait offrir à ses amis pour ses trente ans, avait besoin d'argent. Il avait fermement négocié avec l'éditeur Fournier 1500 francs de droits. Mais faut-il vraiment attribuer à cette seule raison les conditions inhabituelles de la publication ? Mérimée, durant toute sa carrière, avait su tirer un légitime profit de son œuvre, jamais il ne l'avait recherché ou forcé. La rédaction de la nouvelle avait été soumise à d'autres contraintes, bien plus impérieuses, et qui allaient transformer définitivement la part de la fiction dans l'œuvre de Mérimée. Sollicité par Amédée Pichot qui lui réclamait le texte[2], il n'avait guère eu le temps de revoir le manuscrit de ce qu'il considérait désormais comme une « bagatelle » face aux travaux urgents que lui réclamait son ministre. La dernière œuvre de l'homme de lettres était la première œuvre de loisir du haut fonctionnaire.

Dans son souvenir, *La Double Méprise* était liée à une certaine personne qui « ne valait pas grand'chose » ; il faisait allusion à une jeune danseuse, Céline

---

1. Lettre datée de septembre 1833, *Correspondance générale*, I, p. 251. **2.** Lettre du mois d'août 1833 à Amédée Pichot, *Correspondance générale*, XVI, p. 69.

Cayot, qui partageait en sa compagnie ses loisirs de garçon et dont il évoqua quelques traits en écrivant *Arsène Guillot*. Stendhal lui-même la connaissait bien et en avait fait la Raymonde de *Lucien Leuwen*. Rien toutefois, dans *La Double Méprise*, ne rappelait cette compagnie, que les allusions aux jambes des danseuses du chapitre IV, lieu commun des conversations masculines, et le personnage, caricatural et typique, de la femme aux plumes roses. C'était peu de chose. Céline Cayot n'était pas dans la nouvelle ; elle en avait accompagné la rédaction, elle avait eu le privilège d'en connaître la teneur de la bouche même d'un Mérimée conteur. *La Double Méprise* n'était pas le roman d'une fille de l'opéra, elle était, selon toute la tradition critique, la transposition, aisément déchiffrable, de la liaison avortée avec George Sand. Au printemps de 1833, en effet, les deux écrivains avaient vécu ensemble l'expérience d'une « double méprise » et Mérimée avait connu un fiasco, peut-être volontaire, rapporté avec complaisance. Comme George Sand, la coquette Julie confondait la vie et le roman, comme Mérimée, Darcy jouait avec la (mauvaise) littérature. La nouvelle toutefois ne racontait pas, en l'adaptant, une aventure réelle. Même si, comme pour *Le Vase étrusque*, son cadre et ses personnages sont ceux, familiers et vraisemblables, de la bonne société parisienne des débuts de la Monarchie de Juillet, elle n'offre pas de clefs, ce n'est pas une autobiographie, même romancée. Elle exploitait de la manière la plus fine un motif déjà esquissé dans les nouvelles précédentes, celui de la méprise. Le récit d'une fausse passion, l'analyse des sentiments étaient une nouvelle fois l'occasion de mettre en scène, avec beaucoup d'ironie, les illusions de la parole et les mécanismes romanesques.

La Double Méprise est un des textes les plus élaborés de Mérimée. Les variantes particulièrement nombreuses et importantes témoignent du souci manifesté par l'auteur de rendre parfait un texte où chaque mot devait porter. Il supprimait comme toujours, pour simplifier encore l'expression, mais aussi il ajoutait tout ce qui pouvait contribuer à la complexité du sentiment et des personnages : pourquoi préciser, dans l'édition de 1842, que Darcy « avait obtenu un avancement rapide », sinon pour tempérer la version qu'il donne de l'histoire turque : son don quichottisme n'avait pas entraîné de mauvaises conséquences pour sa carrière. Quant à la dernière phrase, ajoutée également en 1842, elle compliquait la méprise cynique (ils ont joué à s'aimer) d'une méprise plus essentielle et plus tragique, qui donnait au sentiment toute sa vérité. La nouvelle reprenait les suggestions offertes par *Le Vase étrusque*, qu'elle amplifiait à la mesure d'un court roman, et sur lesquelles elle proposait une nouvelle série de variations. Et de fait, plus que des clefs qui donneraient des noms, il est plus pertinent de noter le système subtil de reprises, d'échos et de transformations qui rattachent les œuvres entre elles et qui délimitent l'univers romanesque de Mérimée, imaginaire et culturel. On remarquera la tonalité « théâtrale » de la nouvelle, dont le titre, inspiré de Calderon, évoque surtout *La Double Inconstance* de Marivaux, et dont la construction est celle d'une comédie, avec ses types et ses règles. La référence théâtrale est sans cesse présente : le *Vase étrusque* naissait des portraits du *Misanthrope, Le Misanthrope* est clairement cité dans *La Double Méprise*, qui renvoie également à Tartuffe et aux turqueries de Molière. Julie et Darcy jouent à croire qu'ils s'aiment, parce qu'ils ont été, ensemble, partenaires de proverbes.

Comme *Le Vase étrusque*, et avec d'autres moyens, *La Double Méprise* procède d'une méditation sur les illusions du langage et la difficulté de se comprendre. Julie et Chaverny se sont épousés sur une méprise, Châteaufort se trompe sur les sentiments de Julie, à force d'interpréter sa lettre, Julie se raconte des romans et meurt, comme Mme de Tourvel dans *Les Liaisons dangereuses*, selon la convention des romans. Les personnages se parlent et ne s'écoutent pas, ils entretiennent ensemble deux ou trois conversations séparées qui interfèrent et se parasitent. Plus fortement encore que *Le Vase, La Double Méprise* est une réflexion sur le romanesque et sa vérité, à travers sa tradition et son avatar le plus séduisant, l'orientalisme du *Giaour*. On se raconte non pas une histoire orientale, mais deux versions qui font deux histoires différentes : le récit « romantique » de l'enlèvement de la princesse turque nourrit une réalité qu'elle anticipe de tous les clichés du romanesque oriental hérité de Byron ; la variante réaliste, dont le burlesque, qui évoque Cervantès et Molière, n'est pas moins littéraire et, paradoxalement, Julie en fera l'amère expérience, n'est pas moins séduisant. Plus que toute autre nouvelle de Mérimée, *La Double Méprise* est l'œuvre très savante d'un auteur, lecteur très savant. Mais cette science n'est pas docte. Elle ne sert plus à créer les conditions du vraisemblable, ni, en s'opposant au romanesque, celles de l'ironie. La culture qui accompagne la rédaction du roman ne s'impose pas comme une autre forme de couleur locale, ce pittoresque des mots que Mérimée détestait, et qui laisse le lecteur ébloui et pantois. Elle s'impose par le miracle de son naturel. Elle devient matière même de la fiction, objet du récit, et source de tout plaisir.

Jean BALSAMO

LA DOUBLE MÉPRISE *
1833 [1]

Zagala, mas que las flores
Blanca, rubia y ojos verdes,
si piensas seguir amores
Piérdete bien, pues te pierdu [2]

---

* *La Double Méprise* parut au mois de septembre 1833, la même année que *Mosaïque*, et chez le même éditeur, H. Fournier jeune. Elle fut rééditée chez Charpentier en 1842 avec *La Guzla* et la *Chronique du règne de Charles IX*. Cette édition fut revue par Mérimée en 1847 et 1853. C'est le texte que nous donnons.

---

1. Les éditions publiées du vivant de Mérimée portent bien la date *1833* à la suite du titre. **2.** « Jeune fille plus blanche que les fleurs, blonde et les yeux verts, si tu penses t'abandonner aux amours, quitte à te perdre, perds-toi bien ! », traduction d'une *canzon* attribuée à Calderon.

I

Julie de Chaverny était mariée depuis six ans environ, et depuis à peu près cinq ans et six mois elle avait reconnu non seulement l'impossibilité[1] d'aimer son mari mais encore la difficulté d'avoir pour lui quelque estime[2].

Ce mari n'était point un malhonnête homme[3], ce n'était pas une bête ni un sot. Peut-être cependant y avait-il bien en lui quelque chose de tout cela. En consultant[4] ses souvenirs, elle aurait pu se rappeler qu'elle l'avait trouvé aimable autrefois ; mais maintenant il l'ennuyait. Elle trouvait tout en lui repoussant[5]. Sa manière de manger, de prendre du café, de parler, lui donnait des crispations nerveuses. Ils ne se voyaient et ne se parlaient guère qu'à table ; mais ils dînaient ensemble plusieurs fois par semaine, et c'en était assez pour entretenir l'aversion[6] de Julie.

Pour Chaverny, c'était un assez bel homme, un peu trop gros pour son âge, au teint frais, sanguin[7], qui,

---

1. Reconnut *qu'il lui était* non seulement *impossible* d'aimer (1833). **2.** Estime *pour lui* (1833 ; 1842). **3.** *Un fripon, ce n'était pas une bête, encore moins un sot* (RP ; 1833) ; la phrase suivante est introduite en 1842. **4.** *Interrogeant* (RP ; 1833). **5.** Repoussant *à ses yeux* (RP ; 1833 ; 1842). **6.** *L'espèce de haine* (RP ; 1833). **7.** Un des quatre tempéraments de l'ancienne médecine, le sanguin est opposé au mélancolique et au bilieux. Jovial et énergique, Chaverny n'est en rien un « romantique » atteint du « mal du siècle » ; « sanguin » est aussi une allusion littéraire au personnage de Tartuffe, « gros et gras, le teint frais, et la bouche vermeille », précisée dans le chapitre II.

par caractère, ne se donnait pas de ces inquiétudes vagues qui tourmentent souvent les gens à imagination. Il croyait pieusement que sa femme avait pour lui une amitié douce [1] (il était trop philosophe [2] pour se croire aimé comme au premier jour de son mariage), et cette persuasion ne lui causait ni plaisir ni peine ; il se serait également accommodé du contraire. Il avait servi plusieurs années dans un régiment de cavalerie ; mais, ayant hérité d'une fortune considérable, il s'était dégoûté de la vie de garnison, avait donné sa démission et s'était marié. Expliquer le mariage de deux personnes qui n'avaient pas une idée commune peut paraître assez difficile. D'une part, de grands-parents et de ces officieux qui, comme Phrosine, marieraient la république de Venise avec le Grand Turc [3], s'étaient donné beaucoup de mouvement pour régler les affaires d'intérêt. D'un autre côté, Chaverny appartenait à une bonne famille ; il n'était point trop gras alors ; il avait de la gaieté, et était, dans toute l'acception du mot, ce qu'on appelle un *bon enfant*. Julie le voyait avec plaisir venir chez sa mère, parce qu'il la faisait rire en lui contant des histoires de son régiment d'un comique qui n'était pas toujours de bon goût. Elle le trouvait aimable parce qu'il dansait avec elle dans tous les bals, et qu'il ne manquait jamais de bonnes raisons pour persuader à la mère de Julie d'y rester tard, d'aller au spectacle ou au bois de Boulogne. Enfin Julie le croyait un héros, parce qu'il s'était battu en duel honorablement deux ou trois fois. Mais ce qui acheva le triomphe de Chaverny, ce fut la description d'une certaine voiture qu'il devait faire exécuter sur un plan à lui, et dans

---

1. Entre guillemets dans RP ; 1833 ; 1842. **2.** Au sens de lucide, qui accepte la réalité. Chaverny fait une première *méprise* sur les sentiments de sa femme. **3.** C'est-à-dire des ennemis héréditaires ; citation de Molière, *L'Avare*, II, 5 : « Et je crois, si je me l'étais mis en tête, que je marierais le Grand Turc avec la République de Venise » ; le texte est entre guillemets dans (RP ; 1833 ; 1842).

laquelle il conduirait lui-même Julie lorsqu'elle aurait consenti à lui donner sa main[1].

Au bout de quelques mois de mariage, toutes les belles qualités de Chaverny avaient perdu beaucoup de leur mérite. Il ne dansait plus avec sa femme, — cela va sans dire. Ses histoires gaies, il les avait toutes contées trois ou quatre fois. Maintenant il disait que les bals se prolongeaient trop tard. Il bâillait au spectacle, et trouvait une contrainte insupportable l'usage de s'habiller le soir. Son défaut capital était la paresse ; s'il avait cherché à plaire, peut-être aurait-il pu réussir ; mais la gêne[2] lui paraissait un supplice : il avait cela de commun avec presque tous les gens gros. Le monde l'ennuyait parce qu'on y est bien reçu qu'à proportion des efforts que l'on y fait pour plaire. La grosse joie lui paraissait bien préférable à tous les amusements les plus délicats ; car, pour se distinguer parmi les personnes de son goût, il n'avait d'autre peine à se donner qu'à crier plus fort que les autres, ce qui ne lui était pas difficile avec des poumons aussi vigoureux que les siens. En outre, il se piquait de boire plus de vin de Champagne qu'un homme ordinaire[3], et faisait parfaitement sauter à son cheval une barrière de quatre pieds[4]. Il jouissait en conséquence d'une estime légitimement acquise parmi ces êtres difficiles à définir que l'on appelle les jeunes gens, dont nos boulevards abondent vers cinq heures du soir. Parties de chasse, parties de campagne, courses, dîners de garçons, soupers de garçons, étaient recherchés par lui avec empressement. Vingt fois par jour il disait qu'il était le plus heureux des hommes ; et toutes les fois que Julie l'entendait, elle levait les yeux au ciel, et sa petite bouche prenait une indicible expression de dédain.

Belle, jeune, et mariée à un homme qui lui déplaisait, on conçoit qu'elle devait être entourée d'hom-

---

1. Consenti *à unir son sort au sien* (RP ; 1833 ; 1842). **2.** La *moindre* gêne (RP ; 1833 ; 1842). **3.** Boire plus de Champagne (RP ; 1833 ; 1842). **4.** Environ 1,28 mètre.

mages fort intéressés. Mais, outre la protection de sa mère, femme très prudente, son orgueil, c'était son défaut[1], l'avait défendue jusqu'alors contre les séductions du monde. D'ailleurs le désappointement qui avait suivi son mariage, en lui donnant une espèce d'expérience, l'avait rendue difficile à s'enthousiasmer. Elle était fière de se voir plaindre dans la société, et citer comme un modèle de résignation. Après tout, elle se trouvait presque heureuse[2], car elle n'aimait personne, et son mari la laissait entièrement libre de ses actions. Sa coquetterie[3] (et, il faut l'avouer, elle aimait un peu à prouver que son mari ne connaissait pas le trésor qu'il possédait), sa coquetterie, toute d'instinct comme celle d'un enfant, s'alliait fort bien avec une certaine réserve dédaigneuse qui n'était pas de la pruderie. Enfin elle savait être aimable avec tout le monde, mais avec tout le monde également. La médisance ne pouvait trouver le plus petit reproche à lui faire.

---

1. Défaut *capital* (RP ; 1833 ; 1842). **2.** *Même* heureuse (RP ; 1833). **3.** Sa coquetterie *était* toute d'instinct. *Elle* s'alliait (RP ; 1833).

II

Les deux époux avaient dîné chez Mme de Lussan, la mère de Julie, qui allait partir pour Nice. Chaverny, qui s'ennuyait mortellement chez sa belle-mère, avait été obligé d'y passer la soirée, malgré toute son envie d'aller rejoindre ses amis sur le boulevard[1]. Après avoir dîné, il s'était établi sur un canapé commode, et avait passé deux heures sans dire un mot. La raison était simple : il dormait, décemment d'ailleurs, assis, la tête penchée de côté et comme écoutant avec intérêt la conversation ; il se réveillait même de temps en temps et plaçait son mot.

Ensuite, il avait fallu s'asseoir à une table de whist[2], jeu qu'il détestait parce qu'il exige une certaine application. Tout cela l'avait mené assez tard. Onze heures et demie venaient de sonner. Chaverny n'avait pas d'engagement pour la soirée : il ne savait absolument que faire. Pendant qu'il était dans cette perplexité, on annonça sa voiture. S'il rentrait chez lui, il devait ramener sa femme. La perspective d'un tête-à-tête de vingt minutes avait de quoi l'effrayer ; mais il n'avait pas de cigares dans sa poche, et il mourait d'envie d'entamer une boîte qu'il avait reçue du Havre au moment même où il sortait pour aller dîner. Il se résigna.

---

1. Le Boulevard Italien, quartier à la mode où se trouvaient les principaux cafés. Chaverny fréquente les mêmes lieux et les mêmes compagnons que Saint-Clair dans *Le Vase étrusque*. **2.** Jeu de cartes élégant, ancêtre du bridge.

Comme il enveloppait sa femme dans son châle, il ne put s'empêcher de sourire en se voyant dans une glace remplir ainsi les fonctions d'un mari de huit jours. Il considéra aussi sa femme, qu'il avait à peine regardée. Ce soir-là [1] elle lui parut plus jolie que de coutume : aussi fut-il quelque temps à ajuster ce châle sur ses épaules. Julie était aussi contrariée que lui du tête-à-tête conjugal qui se préparait. Sa bouche faisait une petite moue boudeuse, et ses sourcils arqués se rapprochaient involontairement. Tout cela donnait à sa physionomie une expression si agréable, qu'un mari même n'y pouvait rester insensible. Leurs yeux se rencontrèrent dans la glace pendant l'opération dont je viens de parler. L'un et l'autre furent embarrassés. Pour se tirer d'affaire, Chaverny baisa en souriant la main de sa femme qu'elle levait pour arranger son châle.

« Comme ils s'aiment ! » dit tout bas Mme de Lussan, qui ne remarqua ni le froid dédain de la femme ni l'air d'insouciance du mari.

Assis tous les deux dans leur voiture et se touchant presque, ils furent d'abord quelque temps sans parler. Chaverny sentait bien qu'il était convenable de dire quelque chose, mais rien ne lui venait à l'esprit. Julie, de son côté, gardait un silence désespérant. Il bâilla trois ou quatre fois, si bien qu'il en fut honteux lui-même, et que la dernière fois il se crut obligé d'en demander pardon à sa femme.

« La soirée a été longue », ajouta-t-il pour s'excuser.

Julie ne vit dans cette phrase que l'intention de critiquer les soirées de sa mère et de lui dire quelque chose de désagréable. Depuis longtemps elle avait pris l'habitude d'éviter toute explication avec son mari : elle continua donc de garder le silence.

Chaverny, qui ce soir-là se sentait malgré lui en humeur causeuse, poursuivit au bout de deux minutes :

« J'ai bien dîné aujourd'hui ; mais je suis bien aise

---

1. Ce soir-là : elle lui parut ce soir-là (RP ; 1833).

de vous dire que le champagne de votre mère est trop sucré.

— Comment ? demanda Julie en tournant la tête de son côté avec beaucoup de nonchalance et feignant de n'avoir rien entendu.

— Je disais que le champagne de votre mère est trop sucré. J'ai oublié de le lui dire. C'est une chose étonnante, mais on s'imagine qu'il est facile de choisir du champagne. Eh bien, il n'y a rien de plus difficile. Il y a vingt qualités de champagne qui sont mauvaises, et il n'y en a qu'une qui soit bonne.

— Ah !... » Et Julie, après avoir accordé cette interjection à la politesse, tourna la tête et regarda par la portière de son côté. Chaverny se renversa en arrière et posa les pieds sur le coussin du devant de la calèche, un peu mortifié [1] que sa femme se montrât aussi insensible à toutes les peines qu'il se donnait pour engager la conversation.

Cependant, après avoir bâillé encore deux ou trois fois, il continua en se rapprochant de Julie :

« Vous avez là une robe qui vous sied à ravir, Julie. Où l'avez-vous achetée ? »

« Il veut sans doute en acheter une semblable à sa maîtresse », pensa Julie. « Chez Burty [2], répondit-elle, en souriant légèrement.

— Pourquoi riez-vous ? » demanda Chaverny, ôtant ses pieds du coussin et se rapprochant davantage. En même temps il prit une manche de sa robe et se mit à la toucher un peu à la manière de Tartufe [3].

« Je ris, dit Julie, de ce que vous remarquez ma toilette. Prenez garde, vous chiffonnez mes manches. » Et elle retira sa manche de la main de Chaverny.

« Je vous assure que je fais une grande attention à votre toilette, et que j'admire singulièrement votre goût. Non, d'honneur, j'en parlais l'autre jour à... une

---

1. Fort mortifié (1833). **2.** Magasin de modes, situé rue de Richelieu. **3.** Allusion à *Tartuffe* de Molière, III, III, « Je tâte votre habit, l'étoffe en est moelleuse ».

femme qui s'habille toujours mal... bien qu'elle dépense horriblement pour sa toilette... Elle ruinerait... Je lui disais... Je vous citais... »

Julie jouissait de son embarras, et ne cherchait pas à le faire cesser en l'interrompant.

« Vos chevaux sont bien mauvais. Ils ne marchent pas ! Il faudra que je vous les change », dit Chaverny, tout à fait déconcerté.

Pendant le reste de la route la conversation ne prit pas plus de vivacité ; de part et d'autre on n'alla pas plus loin que la réplique.

Les deux époux arrivèrent enfin rue***[1], et se séparèrent en se souhaitant une bonne nuit.

Julie commençait à se déshabiller, et sa femme de chambre venait de sortir, je ne sais pour quel motif, lorsque la porte de la chambre à coucher s'ouvrit assez brusquement, et Chaverny entra. Julie se couvrit précipitamment les épaules[2].

« Pardon, dit-il, je voudrais bien pour m'endormir le dernier volume de Scott... N'est-ce pas *Quentin Durward ?*[3]

— Il doit être chez vous, répondit Julie ; il n'y a pas de livres ici. »

Chaverny contemplait sa femme dans ce demi-désordre si favorable à la beauté. Il la trouvait *piquante*[4], pour me servir d'une de ces expressions que je déteste. « C'est vraiment une fort belle femme ! » pensait-il. Et il restait debout immobile, devant elle, sans dire un mot et son bougeoir à la main ; Julie, debout en face de lui, chiffonnait son bonnet et semblait attendre avec impatience qu'il la laissât seule.

« Vous êtes charmante ce soir, le diable m'emporte !

---

1. Enfin *à leur hôtel* (1833 ; 1842). **2.** Les épaules précipitamment *avec un mouchoir* (1833). **3.** Roman de Walter Scott (1823). **4.** On rapprochera de ce jugement de Chaverny un passage de *La Chartreuse de Parme* (1839) de Stendhal : « Pour lui, une femme jeune et jolie était toujours l'égale d'une autre femme jeune et jolie ; seulement la dernière connue lui semblait la plus piquante ».

s'écria enfin Chaverny en s'avançant d'un pas et posant son bougeoir. Comme j'aime les femmes avec les cheveux en désordre ! » Et en parlant il saisit d'une main les longues tresses de cheveux qui couvraient les épaules de Julie, et lui passa presque tendrement un bras autour de la taille.

« Ah ! Dieu ! vous sentez le tabac à faire horreur ! s'écria Julie en se détournant. Laissez mes cheveux, vous allez les imprégner de cette odeur-là, et je ne pourrai plus m'en débarrasser.

— Bah ! vous dites cela à tout hasard et parce que vous savez que je fume quelquefois. Ne faites donc pas tant la difficile, ma petite femme. »

Et elle ne put se débarrasser de ses bras assez vite pour éviter un baiser qu'il lui donna sur l'épaule.

Heureusement pour Julie, sa femme de chambre rentra ; car il n'y a rien de plus odieux pour une femme que ces caresses qu'il est presque aussi ridicule de refuser que d'accepter.

« Marie, dit Mme de Chaverny, le corsage de ma robe bleue est beaucoup trop long. J'ai vu aujourd'hui Mme de Bégy, qui a toujours un goût parfait ; son corsage était certainement de deux bons doigts plus court. Tenez, faites un rempli avec des épingles tout de suite pour voir l'effet que cela fera. »

Ici s'établit entre la femme de chambre et la maîtresse un dialogue des plus intéressants sur les dimensions précises que doit avoir un corsage. Julie savait bien que Chaverny ne haïssait rien tant que d'entendre parler de modes, et qu'elle allait le mettre en fuite. Aussi, après cinq minutes d'allées et venues, Chaverny, voyant que Julie était tout occupée de son corsage, bâilla d'une manière effrayante, reprit son bougeoir et sortit cette fois pour ne plus revenir.

III

Le commandant Ferrin était assis devant une petite table et lisait avec attention. Sa moustache [illegible] brossée, son [illegible] de [illegible] surtout le col [illegible] inflexible de sa [illegible] un [illegible] militaire. Tout était propre dans la chambre, mais de la plus grande simplicité. Un crayon et deux plumes toutes taillées étaient sur sa table à côté d'un cahier de papier à lettres dont on n'avait pas usé une feuille depuis un ou deux mois, car le commandant Ferrin n'écrivait pas, ou n'écrivait [illegible]. Il lisait beaucoup. Il lisait alors Les Lettres persanes [illegible] d'écrire [illegible] ces [illegible] sont [illegible] qu'il n'avait pas d'abord de [illegible] dans sa [illegible] du commandant de [illegible] [illegible] tout [illegible] de la Guerre [illegible] commandant Ferrin [illegible] toutes les [illegible]

Cependant [illegible] l'oreille du commandant Ferrin [illegible] la tête sans quitter sa pipe. Sa [illegible]

1. [illegible]

2. [illegible]

III

Le commandant Perrin était assis devant une petite table et lisait avec attention. Sa redingote parfaitement brossée, son bonnet de police [1], et surtout la roideur inflexible de sa poitrine, annonçaient un vieux militaire. Tout était propre dans sa chambre, mais de la plus grande simplicité. Un encrier et deux plumes toutes taillées étaient sur sa table à côté d'un cahier de papier à lettres dont on n'avait pas usé une feuille depuis un an au moins. Si le commandant Perrin n'écrivait pas, en revanche il lisait beaucoup. Il lisait alors les *Lettres persanes* [2] en fumant sa pipe d'écume de mer [3], et ces deux occupations captivaient tellement toute son attention, qu'il ne s'aperçut pas d'abord de l'entrée dans sa chambre du commandant de Châteaufort. C'était un jeune officier de son régiment, d'une figure charmante, fort aimable, un peu fat, très protégé du ministre de la Guerre ; en un mot, l'opposé du commandant Perrin sous presque tous les rapports. Cependant ils étaient amis, je ne sais pourquoi, et se voyaient tous les jours.

Châteaufort frappa sur l'épaule du commandant Perrin. Celui-ci tourna la tête sans quitter sa pipe. Sa pre-

---

1. Calot que porte un officier lorsqu'il n'est pas en service ou en tenue. **2.** Cette lecture, un peu datée, caractérise le commandant, vieux militaire, disciple des « philosophes » du siècle précédent ; les *Lettres persanes* (1721), de Montesquieu, annoncent surtout le romanesque de l'épisode oriental, une affaire de sérail. **3.** Pipes de luxe, faites d'un bloc de magnésite blanche sculpté.

mière expression fut de joie en voyant son ami, la seconde de regret, le digne homme ! parce qu'il allait quitter son livre ; la troisième indiquait qu'il avait pris son parti et qu'il allait faire de son mieux les honneurs de son appartement. Il fouillait à sa poche pour chercher une clef ouvrant une armoire où était renfermée une précieuse boîte de cigares que le commandant ne fumait pas lui-même, et qu'il donnait un à un à son ami ; mais Châteaufort, qui l'avait vu cent fois faire le même geste, s'écria : « Restez donc, papa Perrin, gardez vos cigares ; j'en ai sur moi ! » Puis tirant d'un élégant étui de paille du Mexique un cigare couleur de cannelle, bien effilé des deux bouts, il l'alluma et s'étendit sur un petit canapé, dont le commandant Perrin ne se servait jamais, la tête sur un oreiller, les pieds sur le dossier opposé. Châteaufort commença par s'envelopper d'un nuage de fumée, pendant que, les yeux fermés, il paraissait méditer profondément sur ce qu'il avait à dire. Sa figure était rayonnante de joie, et il paraissait renfermer avec peine dans sa poitrine le secret d'un bonheur qu'il brûlait d'envie de laisser deviner. Le commandant Perrin, ayant placé sa chaise en face du canapé, fuma quelque temps sans rien dire ; puis, comme Châteaufort ne se pressait pas de parler, il lui dit :

« Comment se porte Ourika ? »

Il s'agissait d'une jument noire que Châteaufort avait un peu surmenée et qui était menacée de devenir poussive[1].

« Fort bien, dit Châteaufort, qui n'avait pas écouté la question. Perrin ! s'écria-t-il en étendant vers lui la jambe qui reposait sur le dossier du canapé, savez-vous que vous êtes heureux de m'avoir pour ami ?... »

Le vieux commandant cherchait en lui-même quels avantages lui avait procurés la connaissance de Châteaufort, et il ne trouvait guère que le don de quelques

1. Cheval atteint de difficultés respiratoires ou « pousse ».

livres de Kanaster[1] et quelques jours d'arrêts forcés qu'il avait subis pour s'être mêlé d'un duel où Châteaufort avait joué le premier rôle. Son ami lui donnait, il est vrai, de nombreuses marques de confiance. C'était toujours à lui que Châteaufort s'adressait pour se faire remplacer quand il était de service ou quand il avait besoin d'un second.

Châteaufort ne le laissa pas longtemps à ses recherches et lui tendit une petite lettre écrite sur du papier anglais satiné, d'une jolie écriture en pieds de mouche[2]. Le commandant Perrin fit une grimace qui, chez lui, équivalait à un sourire. Il avait vu souvent de ces lettres satinées et couvertes de pieds de mouche, adressées à son ami.

« Tenez, dit celui-ci, lisez. C'est à moi que vous devez cela. »

Perrin lut ce qui suit :

« Vous seriez bien aimable, cher Monsieur, de venir dîner avec nous. M. de Chaverny serait allé vous en prier, mais il a été obligé de se rendre à une partie de chasse. Je ne connais pas l'adresse de M. le commandant Perrin, et je ne puis lui écrire pour le prier de vous accompagner. Vous m'avez donné beaucoup d'envie de le connaître, et je vous aurai une double obligation si vous nous l'amenez[3].

« JULIE DE CHAVERNY.

« *P. S.* J'ai bien des remerciements à vous faire pour la musique que vous avez pris la peine de copier pour moi. Elle est ravissante, et il faut toujours admirer votre goût. Vous ne venez plus à nos jeudis[4] ; vous savez pourtant tout le plaisir que nous avons à vous voir. »

---

1. Tabac d'Amérique. 2. Ou pattes de mouche, écriture minuscule et difficile à lire. 3. *Ameniez* (1833 ; 1842). 4. Jour de la semaine où madame de Chaverny reçoit ses amis, sans invitation expresse.

« Une jolie écriture, mais bien fine, dit Perrin en finissant. Mais diable ! son dîner me scie le dos ; car il faudra se mettre en bas de soie, et pas de fumerie après le dîner !

— Beau malheur, vraiment ! préférer la plus jolie femme de Paris à une pipe !... Ce que j'admire, c'est votre ingratitude. Vous ne me remerciez pas du bonheur que vous me devez.

— Vous remercier ! Mais ce n'est pas à vous que j'ai l'obligation de ce dîner... si obligation il y a [1].

— À qui donc ?

— À Chaverny, qui a été capitaine chez nous. Il aura dit à sa femme : "Invite Perrin, c'est un bon diable." Comment voulez-vous qu'une jolie femme, que je n'ai jamais vue qu'une fois, pense à inviter une vieille culotte de peau [2] comme moi ? »

Châteaufort sourit en se regardant dans la glace très étroite qui décorait la chambre du commandant.

« Vous n'avez pas de perspicacité aujourd'hui, papa Perrin. Relisez-moi ce billet, et vous y trouverez peut-être quelque chose que vous n'y avez pas vu. »

Le commandant tourna, retourna le billet et ne vit rien.

« Comment, vieux dragon [3] ! s'écria Châteaufort, vous ne voyez pas qu'elle vous invite afin de me faire plaisir, seulement pour me prouver qu'elle fait cas de mes amis... qu'elle veut me donner la preuve... de... ?

— De quoi ? interrompit Perrin.

— De... vous savez bien de quoi.

— Qu'elle vous aime ? » demanda le commandant d'un air de doute.

Châteaufort siffla sans répondre.

« Elle est donc amoureuse de vous ? »

---

1. *Si obligation y a* (1833). **2.** Une *culotte de peau* désigne un officier de cavalerie âgé, d'allure martiale. **3.** Châteaufort joue sur le double sens du mot, qui désigne à la fois un individu peu enclin à la futilité, et un cavalier appartenant à un régiment de Dragons.

Châtcaufort sifflait toujours.

« Elle vous l'a dit ?

— Mais... cela se voit, ce me semble.

— Comment... ? dans cctte lettre ?

— Sans doute. »

Ce fut le tour de Perrin à siffler. Son sifflet fut aussi significatif que le fameux *Lillibulero*[1] de mon oncle Toby.

« Comment ! s'écria Châteaufort, arrachant la lettre des mains de Perrin, vous ne voyez pas tout ce qu'il y a de... tendre... oui, de tendre, là-dedans ? Qu'avez-vous à dire à ceci : *Cher Monsieur* ? Notez bien que dans un autre billet elle m'écrivait : *Monsieur*, tout court. *Je vous aurai une double obligation*, cela est positif. Et voyez-vous, il y a un mot effacé après, c'est *mille* ; elle voulait mettre *mille amitiés*, mais elle n'a pas osé ; *mille compliments*, ce n'était pas assez... Elle n'a pas fini son billet... Oh ! mon ancien ! voulez-vous par hasard qu'une femme bien née comme Mme de Chaverny aille se jeter à la tête de votre serviteur comme ferait une petite grisette ?... Je vous dis, moi, que sa lettre est charmante, et qu'il faut être aveugle pour ne pas y voir la passion... Et les reproches de la fin, parce que je manque à un seul jeudi, qu'en dites-vous ?

— Pauvre petite femme ! s'écria Perrin, ne t'amourache pas de celui-là : tu t'en repentiras bien vite ! »

Châteaufort ne fit pas attention à la prosopopée[2] de son ami, mais, prenant un ton de voix bas et insinuant :

« Savez-vous, mon cher, dit-il, que vous pourriez me rendre un grand service ?

— Comment ?

---

1. Allusion au roman de Laurence Sterne, *Vie et opinions de Tristram Shandy* (1760-1767) ; le *lillibullero*, air favori de l'oncle Toby, « qui le siffle chaque fois qu'il est choqué ou surpris », est un air populaire de la fin du XVIIe siècle. Mérimée reprendra cette allusion dans le chapitre XI de *Colomba*. **2.** Figure de rhétorique, qui consiste à faire parler un absent, ou à feindre de s'adresser à lui.

— Il faut que vous m'aidiez dans cette affaire. Je sais que son mari est très mal pour elle, — c'est un animal qui la rend malheureuse... vous l'avez connu, vous, Perrin ; dites bien à sa femme que c'est un brutal, un homme qui a la réputation la plus mauvaise...

— Oh !

— Un libertin... vous le savez. Il avait des maîtresses lorsqu'il était au régiment ; et quelles maîtresses ! Dites tout cela à sa femme.

— Oh ! comment dire cela ? Entre l'arbre et l'écorce[1]...

— Mon Dieu ! il y a manière de tout dire !... Surtout dites du bien de moi.

— Pour cela, c'est plus facile. Pourtant...

— Pas si facile, écoutez ; car, si je vous laissais dire, vous feriez tel éloge de moi qui n'arrangerait pas mes affaires... Dites-lui que *depuis quelque temps* vous remarquez que je suis triste, que je ne parle plus, que je ne mange plus...

— Pour le coup ! s'écria Perrin avec un gros rire qui faisait faire à sa pipe les mouvements les plus ridicules, jamais je ne pourrai dire cela en face à Mme de Chaverny. Hier soir encore, il a presque fallu vous emporter après le dîner que les camarades nous ont donné.

— Soit, mais il est inutile de lui conter cela. Il est bon qu'elle sache que je suis amoureux d'elle ; et ces faiseurs de romans ont persuadé aux femmes qu'un homme qui boit et mange ne peut être amoureux.

— Quant à moi, je ne connais rien qui me fasse perdre le boire et le manger.

— Eh bien, mon cher Perrin, dit Châteaufort en mettant son chapeau et arrangeant les boucles de ses cheveux, voilà qui est convenu ; jeudi prochain je viens vous prendre ; souliers et bas de soie, tenue de

---

1. Le proverbe est cité en entier au chapitre IX.

rigueur ! Surtout n'oubliez pas de dire des horreurs du mari, et beaucoup de bien de moi. »

Il sortit en agitant sa badine avec beaucoup de grâce, laissant le commandant Perrin fort préoccupé de l'invitation qu'il venait de recevoir, et encore plus perplexe en songeant aux bas de soie et à la tenue de rigueur.

IV

Plusieurs personnes invitées chez Mme de Chaverny s'étant excusées, le dîner se trouva quelque peu triste. Châteaufort était à côté de Julie, fort empressé à la servir, galant et aimable à son ordinaire. Pour Chaverny, qui avait fait une longue promenade à cheval le matin, il avait un appétit prodigieux. Il mangeait donc et buvait de manière à en donner envie aux plus malades. Le commandant Perrin lui tenait compagnie, lui versant souvent à boire, et riant à casser les verres toutes les fois que la grosse gaieté de son hôte lui en fournissait l'occasion. Chaverny, se retrouvant avec des militaires, avait repris aussitôt sa bonne humeur et ses manières du régiment ; d'ailleurs il n'avait jamais été des plus délicats dans le choix de ses plaisanteries. Sa femme prenait un air froidement dédaigneux à chaque saillie[1] incongrue ; alors elle se tournait du côté de Châteaufort, et commençait un aparté avec lui, pour n'avoir pas l'air d'entendre une conversation qui lui déplaisait souverainement.

Voici un échantillon de l'urbanité de ce modèle des époux. Vers la fin du dîner, la conversation étant tombée sur l'Opéra, on discutait le mérite relatif de plusieurs danseuses, et entre autres on vantait beaucoup Mlle***. Sur quoi Châteaufort renchérit sur les autres, louant surtout sa grâce, sa tournure, son air décent.

Perrin, que Châteaufort avait mené à l'Opéra

---

1. Boutade, trait d'esprit.

quelques jours auparavant, et qui n'y était allé que cette seule fois, se souvenait fort bien de Mlle***.

« Est-ce, dit-il, cette petite en rose, qui saute comme un cabri ?... qui a des jambes dont vous parliez tant, Châteaufort ?

— Ah ! vous parliez de ses jambes ! s'écria Chaverny ; mais savez-vous que, si vous en parlez trop, vous vous brouillerez avec votre général, le duc de J*** ! Prenez garde à vous, mon camarade !

— Mais je ne le suppose pas tellement jaloux, qu'il défende de les regarder au travers d'une lorgnette.

— Au contraire, car il en est aussi fier que s'il les avait découvertes[1]. Qu'en dites-vous, commandant Perrin ?

— Je ne me connais guère qu'en jambes de chevaux, répondit modestement le vieux soldat.

— Elles sont en vérité admirables, reprit Chaverny, et il n'y en a pas de plus belles à Paris, excepté celles... » Il s'arrêta et se mit à friser sa moustache d'un air goguenard en regardant sa femme, qui rougit aussitôt jusqu'aux épaules.

« Excepté celles de Mlle D*** ? interrompit Châteaufort en citant une autre danseuse.

— Non, répondit Chaverny du ton tragique de Hamlet[2] — *mais regarde ma femme.* »

Julie devint pourpre d'indignation. Elle lança à son mari un regard rapide comme l'éclair, mais où se peignaient le mépris et la fureur. Puis, s'efforçant de se contraindre, elle se tourna brusquement vers Châteaufort.

« Il faut, dit-elle d'une voix légèrement tremblante, il faut que nous étudions le duo de *Maometto*[3]. Il doit être parfaitement dans votre voix. »

---

1. Faites (1833 ; 1842). **2.** Parodie de *Hamlet* de Shakespeare : « Tenez, regardez comme ma mère a l'air joyeux », III, 2. **3.** Opéra de Rossini, créé à Naples en 1820, sous le titre de *Maometto Secondo*, et repris à Paris en 1826 sous celui de *Le Siège de Corinthe*.

Chaverny n'était pas aisément démonté.

« Châteaufort, poursuivit-il, savez-vous que j'ai voulu faire mouler autrefois les jambes dont je parle ? Mais on n'a jamais voulu le permettre. »

Châteaufort, qui éprouvait une joie très vive de cette impertinente révélation, n'eut pas l'air d'avoir entendu, et parla de *Maometto* avec Mme de Chaverny.

« La personne que je veux dire, continua l'impitoyable mari, se scandalisait ordinairement quand on lui rendait justice sur cet article, mais au fond elle n'en était pas fâchée. Savez-vous qu'elle se fait prendre mesure par son marchand de bas ? — Ma femme, ne vous fâchez pas... *sa marchande*, veux-je dire. Et lorsque j'ai été à Bruxelles j'ai emporté trois pages de son écriture contenant les instructions les plus détaillées pour des emplettes de bas. »

Mais il avait beau parler, Julie était déterminée à ne rien entendre. Elle causait avec Châteaufort, et lui parlait avec une affectation de gaieté, et son sourire gracieux cherchait à lui persuader qu'elle n'écoutait que lui. Châteaufort, de son côté, paraissait tout entier au *Maometto* ; mais il ne perdait rien des impertinences de Chaverny.

Après le dîner, on fit de la musique, et Mme de Chaverny chanta au piano avec Châteaufort. Chaverny disparut au moment où le piano s'ouvrit. Plusieurs visites survinrent, mais n'empêchèrent pas Châteaufort de parler bas très souvent à Julie. En sortant, il déclara à Perrin qu'il n'avait pas perdu sa soirée, et que ses affaires avançaient.

Perrin trouvait tout simple qu'un mari parlât des jambes de sa femme : aussi, quand il fut seul dans la rue avec Châteaufort, il lui dit d'un ton pénétré :

« Comment vous sentez-vous le cœur de troubler si bon ménage ! Il aime tant sa petite femme ! »

V

Depuis un mois Chaverny était fort préoccupé de l'idée de devenir gentilhomme de la chambre[1].

On s'étonnera peut-être qu'un homme gros, paresseux, aimant ses aises, fût accessible à une pensée d'ambition ; mais il ne manquait pas de bonnes raisons pour justifier la sienne. D'abord, disait-il à ses amis, je dépense beaucoup d'argent en loges que je donne à des femmes. Quand j'aurai un emploi à la cour, j'aurai sans qu'il m'en coûte un sou, autant de loges que je voudrai. Et l'on sait tout ce que l'on obtient avec des loges. En outre, j'aime beaucoup la chasse : les chasses royales seront à moi. Enfin, maintenant que je n'ai plus d'uniforme, je ne sais comment m'habiller pour aller aux bals de Madame[2] ; je n'aime pas les habits de marquis ; un habit de gentilhomme de la chambre m'ira très bien. En conséquence, il sollicitait[3]. Il aurait voulu que sa femme sollicitât aussi, mais elle s'y était refusée obstinément, bien qu'elle eût plusieurs amies très puissantes. Ayant rendu quelques petits services au duc de H***, qui était alors fort bien en cour, il attendait beaucoup de son crédit. Son ami Châteaufort, qui avait aussi de très belles connaissances, le servait avec un zèle et un dévouement tels que vous en rencontrerez peut-être, si vous êtes le mari d'une jolie femme.

---

1. Fonction honorifique à la Cour. **2.** Titre donné à la duchesse de Berry (1798-1870), belle-fille du roi Charles X. **3.** Chaverny faisait jouer toutes ses relations, leur demandant d'intervenir pour lui faire obtenir cet emploi.

Une circonstance avança beaucoup les affaires de Chaverny, bien qu'elle pût avoir pour lui des conséquences assez funestes. Mme de Chaverny s'était procuré, non sans quelque peine, une loge à l'Opéra un certain jour de première représentation. Cette loge était à six places. Son mari, par extraordinaire et après de vives remontrances, avait consenti à l'accompagner. Or, Julie voulait offrir une place à Châteaufort, et, sentant qu'elle ne pouvait aller seule avec lui à l'Opéra, elle avait obligé son mari à venir à cette représentation.

Aussitôt après le premier acte, Chaverny sortit, laissant sa femme en tête-à-tête avec son ami. Tous les deux gardèrent d'abord le silence d'un air un peu contraint. Julie, parce qu'elle était fort embarrassée elle-même depuis quelque temps quand elle se trouvait seule avec Châteaufort ; celui-ci, parce qu'il avait ses projets et qu'il avait trouvé bienséant de paraître ému. Jetant à la dérobée un coup d'œil sur la salle, il vit avec plaisir plusieurs lorgnettes de connaissances dirigées sur la loge[1]. Il éprouvait une vive satisfaction à penser que plusieurs de ses amis enviaient son bonheur, et, selon toute apparence, le supposaient beaucoup plus grand qu'il n'était en réalité.

Julie, après avoir senti sa cassolette[2] et son bouquet à plusieurs reprises, parla de la chaleur, du spectacle, des toilettes. Châteaufort écoutait avec distraction, soupirait, s'agitait sur sa chaise, regardait Julie et soupirait encore. Julie commençait à s'inquiéter. Tout à coup il s'écria :

« Combien je regrette le temps de la chevalerie !

— Le temps de la chevalerie ! Pourquoi donc ? demanda Julie. Sans doute parce qu'un costume du Moyen Âge vous irait bien ?

— Vous me croyez bien fat, dit-il d'un ton d'amertume et de tristesse. — Non, je regrette ce temps-là... parce qu'un homme qui se sentait du cœur... pouvait

---

1. *Sa* loge (1833). **2.** Petite boîte à parfum qui se porte en pendentif.

aspirer à... bien des choses... En définitive, il ne s'agissait que de pourfendre un géant pour plaire à une dame... Tenez, vous voyez ce grand colosse au balcon ? je voudrais que vous m'ordonnassiez d'aller lui demander sa moustache pour me donner ensuite la permission de vous dire trois petits mots sans vous fâcher.

— Quelle folie ! s'écria Julie, rougissant jusqu'au blanc des yeux, car elle devinait déjà ces trois petits mots. Mais voyez donc Mme de Sainte-Hermine décolletée à son âge et en toilette de bal !

— Je ne vois qu'une chose, c'est que vous ne voulez pas m'entendre, et il y a longtemps que je m'en aperçois... Vous le voulez, je me tais ; mais... ajouta-t-il très bas et en soupirant, vous m'avez compris...

— Non, en vérité, dit sèchement Julie. Mais où donc est allé mon mari ? »

Une visite survint fort à propos pour la tirer d'embarras. Châteaufort n'ouvrit pas la bouche. Il était pâle et paraissait profondément affecté. Lorsque le visiteur sortit, il fit quelques remarques indifférentes sur le spectacle. Il y avait de longs intervalles de silence entre eux.

Le second acte allait commencer, quand la porte de la loge s'ouvrit, et Chaverny parut, conduisant une femme très jolie et très parée, coiffée de magnifiques plumes roses. Il était suivi du duc de H***.

« Ma chère amie, dit-il à sa femme, j'ai trouvé M. le duc et madame dans une horrible loge de côté d'où l'on ne peut voir les décorations. Ils ont bien voulu accepter une place dans la nôtre. »

Julie s'inclina froidement ; le duc de H*** lui déplaisait. Le duc et la dame aux plumes roses se confondaient en excuses et craignaient de la déranger. Il se fit un mouvement et un combat de générosité pour se placer. Pendant le désordre qui s'ensuivit, Châteaufort se pencha à l'oreille de Julie et lui dit très bas et très vite :

« Pour l'amour de Dieu, ne vous placez pas sur le devant de la loge. »

Julie fut très étonnée et resta à sa place. Tous étant assis, elle se tourna vers Châteaufort et lui demanda d'un regard un peu sévère l'explication de cette énigme. Il était assis, le cou roide, les lèvres pincées, et toute son attitude annonçait qu'il était prodigieusement contrarié. En y réfléchissant, Julie interpréta assez mal la recommandation de Châteaufort. Elle pensa qu'il voulait lui parler bas pendant la représentation et continuer ses étranges discours, ce qui lui était impossible si elle restait sur le devant. Lorsqu'elle reporta ses regards vers la salle, elle remarqua que plusieurs femmes dirigeaient leurs lorgnettes vers la loge ; mais il en est toujours ainsi à l'apparition d'une figure nouvelle. On chuchotait, on souriait ; mais qu'y avait-il d'extraordinaire ? On est si petite ville à l'Opéra !

La dame inconnue se pencha vers le bouquet de Julie, et dit avec un sourire charmant :

« Vous avez là un superbe bouquet, madame ! Je suis sûre qu'il a dû coûter bien cher dans cette saison : au moins dix francs. Mais on vous l'a donné ! c'est un cadeau sans doute ? Les dames n'achètent jamais leurs bouquets. »

Julie ouvrait de grands yeux et ne savait avec quelle provinciale [1] elle se trouvait.

« Duc, dit la dame d'un air languissant, vous ne m'avez pas donné de bouquet. » Chaverny se précipita vers la porte. Le duc voulut l'arrêter, la dame aussi ; elle n'avait plus envie du bouquet. Julie échangea un coup d'œil avec Châteaufort. Il voulait dire : « Je vous remercie, mais il est trop tard. » Pourtant elle n'avait pas encore deviné juste.

Pendant toute la représentation, la dame aux plumes tambourinait des doigts à contre-mesure [2] et parlait musique à tort et à travers. Elle questionnait Julie sur le prix de sa robe, de ses bijoux, de ses chevaux.

---

1. C'est du moins ce que pense Julie, par qui est vu ce personnage. **2.** La dame aux plumes *se dandinait* à contre-mesure (1842) ; la phrase manque dans (1833).

Jamais Julie n'avait vu des manières semblables. Elle conclut que l'inconnue devait être une parente du duc, arrivée récemment de la basse Bretagne[1]. Lorsque Chaverny revint avec un énorme bouquet, bien plus beau que celui de sa femme, ce fut une admiration, et des remerciements, et des excuses à n'en plus finir.

« Monsieur de Chaverny, je ne suis pas une ingrate, dit la provinciale prétendue après une longue tirade ; pour vous le prouver, *faites-moi penser à vous promettre quelque chose*, comme dit Potier[2]. Vrai, je vous broderai une bourse quand j'aurai achevé celle que j'ai promise au duc. »

Enfin l'opéra finit, à la grande satisfaction de Julie, qui se sentait mal à l'aise à côté de sa singulière voisine. Le duc lui offrit le bras, Chaverny prit celui de l'autre dame. Châteaufort, l'air sombre et mécontent, marchait derrière Julie, saluant d'un air contraint les personnes de sa connaissance qu'il rencontrait sur l'escalier.

Quelques femmes passèrent auprès d'eux : Julie les connaissait de vue. Un jeune homme leur parla bas et en ricanant ; elles regardèrent aussitôt avec un air de très vive curiosité Chaverny et sa femme, et l'une d'elles s'écria :

« Est-il possible ! »

La voiture du duc parut ; il salua Mme de Chaverny en lui renouvelant avec chaleur tous ses remerciements pour sa complaisance. Cependant Chaverny voulait reconduire la dame inconnue jusqu'à la voiture du duc, et Julie et Châteaufort restèrent seuls un instant.

« Quelle est donc cette femme[3] ? demanda Julie.

— Je ne dois pas vous le dire... car cela est bien extraordinaire !

— Comment ?

— Au reste, toutes les personnes qui vous connais-

---

1. Ici dans le sens proverbial de province reculée. **2.** Potier (1775-1838), célèbre comique, auteur d'un recueil de bons mots. **3.** *Dame ?* (1833).

sent sauront bien à quoi s'en tenir... Mais Chaverny !... Je ne l'aurais jamais cru.

— Mais enfin qu'est-ce donc ? Parlez, au nom du Ciel ! Quelle est cette femme ? »

Chaverny revenait. Châteaufort répondit à voix basse :

« La maîtresse du duc de H***, Mme Mélanie R***.

— Bon Dieu ! s'écria Julie en regardant Châteaufort d'un air stupéfait, cela est impossible ! »

Châteaufort haussa les épaules, et, en la conduisant à sa voiture, il ajouta :

« C'est ce que disaient ces dames que nous avons rencontrées sur l'escalier. Pour l'autre, c'est une personne comme il faut dans son genre. Il lui faut des soins, des égards [1]... Elle a même un mari [2].

— Chère amie, dit Chaverny d'un ton joyeux, vous n'avez pas besoin de moi pour vous reconduire. Bonne nuit. Je vais souper chez le duc. »

Julie ne répondit rien.

« Châteaufort, poursuivit Chaverny, voulez-vous venir avec moi chez le duc ? Vous êtes invité, on vient de me le dire. On vous a remarqué. Vous avez plu, bon sujet ! »

Châteaufort remercia froidement. Il salua Mme de Chaverny, qui mordait son mouchoir avec rage lorsque sa voiture partit.

« Ah çà, mon cher, dit Chaverny, au moins vous me mènerez dans votre cabriolet jusqu'à la porte de cette infante.

— Volontiers, répondit gaiement Châteaufort ; mais, à propos, savez-vous que votre femme a compris à la fin à côté de qui elle était ?

— Impossible.

— Soyez-en sûr, et ce n'était pas bien de votre part.

— Bah ! elle a très bon ton ; et puis on ne la connaît pas encore beaucoup. Le duc la mène partout. »

---

1. *Quarante mille francs par an ne seraient rien.* Elle (1833).
2. Addition de (1842).

VI

Madame de Chaverny passa une nuit fort agitée. La conduite de son mari à l'Opéra mettait le comble à tous ses torts, et lui semblait exiger une séparation immédiate. Elle aurait le lendemain une explication avec lui, et lui signifierait son intention de ne plus vivre sous le même toit avec un homme qui l'avait compromise d'une manière si cruelle[1]. Pourtant cette explication l'effrayait. Jamais elle n'avait eu une conversation sérieuse avec son mari. Jusqu'alors elle n'avait exprimé son mécontentement que par des bouderies auxquelles Chaverny n'avait fait aucune attention ; car, laissant à sa femme une entière liberté, il ne se serait jamais avisé de croire qu'elle pût lui refuser l'indulgence dont au besoin il était disposé à user envers elle. Elle craignait surtout de pleurer au milieu de cette explication, et que Chaverny n'attribuât ces larmes à un amour blessé. C'est alors qu'elle regrettait vivement l'absence de sa mère, qui aurait pu lui donner un bon conseil ou se charger de prononcer la sentence de séparation. Toutes ces réflexions la jetèrent dans une grande incertitude, et, quand elle s'endormit, elle avait pris la résolution de consulter une femme de ses amies qui l'avait connue fort jeune, et de s'en remettre à sa prudence pour la conduite à tenir à l'égard de Chaverny.

Tout en se livrant à son indignation, elle n'avait pu s'empêcher de faire involontairement un parallèle entre

1. Aussi cruelle (RP ; 1833 ; 1842).

son mari et Châteaufort. L'énorme inconvenance du premier faisait ressortir la délicatesse du second, et elle reconnaissait avec un certain plaisir, mais en se le reprochant toutefois, que l'amant était plus soucieux de sa réputation que le mari. Cette comparaison morale l'entraînait malgré elle à constater l'élégance des manières de Châteaufort et la tournure médiocrement distinguée de Chaverny. Elle voyait son mari, avec son ventre un peu proéminent, faisant lourdement l'empressé auprès de la maîtresse du duc de H***, tandis que Châteaufort, plus respectueux encore que de coutume, semblait chercher à retenir autour d'elle la considération que son mari pouvait lui faire perdre. Enfin, comme nos pensées nous entraînent loin malgré nous, elle se représenta plus d'une fois qu'elle pouvait devenir veuve, et qu'alors, jeune, riche, rien ne s'opposerait à ce qu'elle couronnât légitimement l'amour constant du jeune chef d'escadron. Un essai malheureux ne concluait rien contre le mariage, et si l'attachement de Châteaufort était véritable... Mais alors elle chassait ces pensées dont elle rougissait, et se promettait de mettre plus de réserve que jamais dans ses relations avec lui.

Elle se réveilla avec un grand mal de tête, et encore plus éloignée que la veille d'une explication décisive. Elle ne voulut pas descendre pour déjeuner de peur de rencontrer son mari, se fit apporter du thé dans sa chambre, et demanda sa voiture pour aller chez Mme Lambert, cette amie qu'elle voulait consulter. Cette dame était alors à sa campagne à P...

En déjeunant, elle ouvrit un journal. Le premier article qui tomba sous ses yeux était ainsi conçu : « M. Darcy, premier secrétaire de l'ambassade de France à Constantinople, est arrivé avant-hier à Paris chargé de dépêches. Ce jeune diplomate a eu, immédiatement après son arrivée, une longue conférence avec S. Exc. M. le ministre des Affaires étrangères. »

« Darcy à Paris ! s'écria-t-elle. J'aurais du plaisir à

le revoir. Est-il devenu bien roide[1] ? — *Ce jeune diplomate !* Darcy, jeune diplomate ! » Et elle ne put s'empêcher de rire toute seule de ce mot : *jeune diplomate.*

Ce Darcy venait autrefois fort assidûment aux soirées de Mme de Lussan ; il était alors attaché au ministère des Affaires étrangères. Il avait quitté Paris quelque temps avant le mariage de Julie, et depuis elle ne l'avait pas revu. Seulement elle savait qu'il avait beaucoup voyagé, et qu'il avait obtenu un avancement rapide[2].

Elle tenait encore le journal à la main lorsque son mari entra. Il paraissait d'une humeur charmante. À son aspect elle se leva pour sortir ; mais, comme il aurait fallu passer tout près de lui pour entrer dans son cabinet de toilette, elle demeura debout à la même place, mais tellement émue, que sa main, appuyée sur la table à thé, faisait distinctement trembler le cabaret de porcelaine[3].

« Ma chère amie, dit Chaverny, je viens vous dire adieu pour quelques jours. Je vais chasser chez le duc de H***. Je vous dirai qu'il est enchanté de votre hospitalité d'hier soir. — Mon affaire marche bien, et il m'a promis de me recommander au roi de la manière la plus pressante. »

Julie pâlissait et rougissait tour à tour en l'écoutant.

« M. le duc de H*** vous doit cela... dit-elle d'une voix tremblante. Il ne peut faire moins pour quelqu'un qui compromet sa femme de la manière la plus scandaleuse avec les maîtresses de son protecteur. »

Puis, faisant un effort désespéré, elle traversa la chambre d'un pas majestueux, et entra dans son cabinet de toilette dont elle ferma la porte avec force.

Chaverny resta un moment la tête basse et l'air confus.

« D'où diable sait-elle cela ? pensa-t-il. Qu'importe après tout ? ce qui est fait est fait ! »

---

1. *Est-il changé ?* Est-il devenu bien *raide ?* (RP). **2.** Addition de (1842). **3.** Service à thé.

Et, comme ce n'était pas son habitude de s'arrêter longtemps sur une idée désagréable, il fit une pirouette, prit un morceau de sucre dans le sucrier, et cria la bouche pleine à la femme de chambre qui entrait :

« Dites à ma femme que je resterai quatre à cinq jours chez le duc de H***, et que je lui enverrai du gibier. »

Il sortit, ne pensant plus qu'aux faisans et aux chevreuils qu'il allait tuer.

VII

Julie partit pour P... avec un redoublement de colère contre son mari ; mais, cette fois, c'était pour un motif assez léger[1]. Il avait pris, pour aller au château du duc de H***, la calèche neuve, laissant à sa femme une autre voiture qui, au dire du cocher, avait besoin de réparations.

Pendant la route, Mme de Chaverny s'apprêtait à raconter son aventure à Mme Lambert. Malgré son chagrin, elle n'était pas insensible à la satisfaction que donne à tout narrateur une histoire bien contée, et elle se préparait à son récit en cherchant des exordes[2], et commençant tantôt d'une manière, tantôt d'une autre. Il en résulta qu'elle vit les énormités de son mari sous toutes leurs faces, et que son ressentiment s'en augmenta en proportion.

Il y a, comme chacun sait, plus de quatre lieues de Paris à P..., et quelque long que fût le réquisitoire de Mme de Chaverny, on conçoit qu'il est impossible, même à la haine la plus envenimée, de retourner la même idée pendant quatre lieues de suite. Aux sentiments violents que les torts de son mari lui inspiraient venaient se joindre des souvenirs doux et mélancoliques, par cette étrange faculté de la pensée humaine qui associe souvent une image riante à une sensation pénible.

L'air pur et vif, le beau soleil, les figures insou-

---

1. Frivole (RP ; 1833). **2.** Terme de rhétorique : manière de commencer un récit.

ciantes des passants, contribuaient aussi à la tirer de ses réflexions haineuses. Elle se rappela les scènes de son enfance et les jours où elle allait se promener à la campagne avec des jeunes personnes de son âge. Elle revoyait ses compagnes de couvent ; elle assistait à leurs jeux, à leurs repas. Elle s'expliquait des confidences mystérieuses qu'elle avait surprises aux *grandes*, et ne pouvait s'empêcher de sourire en songeant à cent petits traits qui trahissent de si bonne heure l'instinct de la coquetterie chez les femmes.

Puis elle se représentait son entrée dans le monde. Elle dansait de nouveau aux bals les plus brillants qu'elle avait vus dans l'année qui suivit sa sortie du couvent. Les autres bals, elle les avait oubliés ; on se blase si vite ; mais ces bals lui rappelèrent son mari.

« Folle que j'étais ! se dit-elle. Comment ne me suis-je pas aperçue, à la première vue, que je serais malheureuse avec lui ? » Toutes les disparates, toutes les platitudes de fiancé que le pauvre Chaverny lui débitait avec tant d'aplomb un mois avant son mariage, tout cela se trouvait noté, enregistré soigneusement dans sa mémoire. En même temps, elle ne pouvait s'empêcher de penser aux nombreux admirateurs que son mariage avait réduits au désespoir, et qui ne s'en étaient pas moins mariés eux-mêmes ou consolés autrement peu de mois après. « Aurais-je été heureuse avec un autre que lui ? se demanda-t-elle. A... est décidément un sot ; mais il n'est pas offensif, et Amélie le gouverne à son gré. Il y a toujours un moyen de vivre avec un mari qui obéit. B... a des maîtresses, et sa femme a la bonté de s'en affliger. D'ailleurs, il est rempli d'égards pour elle, et... je n'en demanderais pas davantage. — Le jeune comte de C..., qui toujours lit des pamphlets [1], et qui se donne tant de peine pour devenir un jour un bon député, peut-être fera-t-il un bon mari. Oui, mais tous ces gens-là sont ennuyeux, laids, sots... » Comme elle passait ainsi en revue tous les jeunes gens qu'elle avait

1. Textes séditieux, qui critiquent le gouvernement.

connus étant demoiselle, le nom de Darcy se présenta à son esprit pour la seconde fois.

Darcy était autrefois dans la société de Mme de Lussan un être sans conséquence, c'est-à-dire que l'on savait... les mères savaient — que sa fortune ne lui permettait pas de songer à leurs filles. Pour elles, il n'avait rien en lui qui pût faire tourner leurs jeunes têtes[1]. D'ailleurs il avait la réputation d'un galant homme. Un peu misanthrope et caustique, il se plaisait beaucoup, seul homme au milieu d'un cercle de demoiselles, à se moquer des ridicules et des prétentions des autres jeunes gens. Lorsqu'il parlait bas à une demoiselle, les mères ne s'alarmaient pas, car leurs filles riaient tout haut, et les mères de celles qui avaient de belles dents disaient même que M. Darcy était fort aimable.

Une conformité de goûts et une crainte réciproque de leur talent de médire avaient rapproché Julie et Darcy. Après quelques escarmouches, ils avaient fait un traité de paix, une alliance offensive et défensive ; ils se ménageaient mutuellement, et ils étaient toujours unis pour faire les honneurs de leurs connaissances.

Un soir, on avait prié Julie de chanter je ne sais quel morceau. Elle avait une belle voix, et elle le savait. En s'approchant du piano, elle regarda les femmes d'un air un peu fier avant de chanter, et comme si elle voulait les défier. Or, ce soir-là, quelque indisposition ou une fatalité malheureuse la privait de presque tous ses moyens. La première note qui sortit de ce gosier ordinairement si mélodieux se trouva décidément fausse. Julie se troubla, chanta tout de travers, manqua tous les traits ; bref, le fiasco fut éclatant. Tout effarée, près de fondre en larmes, la pauvre Julie quitta le piano[2], et, en retournant à sa place, elle ne put s'empêcher de

---

1. *Sa figure quoique distinguée n'était pas assez belle pour leur faire* tourner *la tête* (RP ; 1833). **2.** La pauvre Julie quitta le piano *tout effarée, près de fondre en larmes* (RP ; 1833).

regarder la joie maligne que cachaient mal ses compagnes en voyant humilier son orgueil. Les hommes mêmes semblaient comprimer avec peine un sourire moqueur. Elle baissa les yeux de honte et de colère, et fut quelque temps sans oser les lever. Lorsqu'elle releva la tête, la première figure amie qu'elle aperçut fut celle de Darcy. Il était pâle, et ses yeux roulaient des larmes ; il paraissait plus touché de sa mésaventure qu'elle ne l'était elle-même. « Il m'aime ! pensa-t-elle ; il m'aime véritablement. » La nuit, elle ne dormit guère, et la figure triste de Darcy était toujours devant ses yeux. Pendant deux jours, elle ne songea qu'à lui et à la passion secrète qu'il devait nourrir pour elle[1]. Le roman avançait déjà, lorsque Mme de Lussan trouva chez elle une carte de M. Darcy avec ces trois lettres : P. P. C.

« Où va donc M. Darcy ? demanda Julie à un jeune homme qui le connaissait.

— Où il va ? Ne le savez-vous pas ? À Constantinople. Il part cette nuit en courrier[2]. »

« Il ne m'aime donc pas ! » pensa-t-elle. Huit jours après, Darcy était oublié. De son côté, Darcy, qui était alors assez romanesque, fut huit mois sans oublier Julie. Pour excuser celle-ci et expliquer la prodigieuse différence de constance, il faut réfléchir que Darcy vivait au milieu des barbares, tandis que Julie était à Paris entourée d'hommages et de plaisirs.

Quoi qu'il en soit, six ou sept ans après leur séparation, Julie dans sa voiture, sur la route de P..., se rappelait l'expression mélancolique de Darcy le jour où elle chanta si mal ; et, s'il faut l'avouer, elle pensa à l'amour probable qu'il avait alors pour elle, peut-être bien même aux sentiments qu'il pouvait conserver

---

1. Julie de Chaverny a une propension à imaginer des sentiments et créer une belle histoire, que tout va démentir. Elle ne lit pas, mais elle se raconte des « romans », occasion de toutes les méprises. Il y a, de la part de Mérimée, une évidente ironie sur la nature même du genre romanesque. **2.** Service de transport régulier.

encore. Tout cela l'occupa assez vivement pendant une demi-lieue[1]. Ensuite M. Darcy fut oublié pour la troisième fois.

1. Environ deux kilomètres.

VIII

Julie ne fut pas peu contrariée lorsque, en entrant à P..., elle vit dans la cour de Mme Lambert une voiture dont on dételait les chevaux, ce qui annonçait une visite qui devait se prolonger. Impossible, par conséquent, d'entamer la discussion de ses griefs contre M. de Chaverny.

Mme Lambert, lorsque Julie entra dans le salon, était avec une femme que Julie avait rencontrée dans le monde, mais qu'elle connaissait à peine de nom. Elle dut faire un effort sur elle-même pour cacher l'expression du mécontentement qu'elle éprouvait d'avoir fait inutilement le voyage de P...

« Eh ! bonjour donc, chère belle ! s'écria Mme Lambert en l'embrassant ; que je suis contente de voir que vous ne m'avez pas oubliée ! Vous ne pouviez venir plus à propos, car j'attends aujourd'hui je ne sais combien de gens qui vous aiment à la folie. »

Julie répondit d'un air un peu contraint qu'elle avait cru trouver Mme Lambert toute seule.

« Ils vont être ravis de vous voir, reprit Mme Lambert. Ma maison est si triste, depuis le mariage de ma fille, que je suis trop heureuse quand mes amis veulent bien s'y donner rendez-vous. Mais, chère enfant, qu'avez-vous fait de vos belles couleurs ? Je vous trouve toute pâle aujourd'hui. »

Julie inventa un petit mensonge : la longueur de la route... la poussière... le soleil...

« J'ai précisément aujourd'hui à dîner un de vos

adorateurs, à qui je vais faire une agréable surprise, M. de Châteaufort, et probablement son fidèle Achate [1], le commandant Perrin.

— J'ai eu le plaisir de recevoir dernièrement le commandant Perrin, dit Julie en rougissant un peu, car elle pensait à Châteaufort.

— J'ai aussi M. de Saint-Léger. Il faut absolument qu'il organise ici une soirée de proverbes [2] pour le mois prochain ; et vous y jouerez un rôle, mon ange ; vous étiez notre premier sujet pour les proverbes, il y a deux ans.

— Mon Dieu, madame, il y a si longtemps que je n'ai joué de proverbes, que je ne pourrais plus retrouver mon assurance d'autrefois. Je serais obligée d'avoir recours au "*J'entends quelqu'un* [3]".

— Ah ! Julie, mon enfant, devinez qui nous attendons encore. Mais celui-là, ma chère, il faut de la mémoire pour se rappeler son nom... »

Le nom de Darcy se présenta sur-le-champ à Julie. « Il m'obsède, en vérité », pensa-t-elle.

« De la mémoire, madame ?... j'en ai beaucoup.

— Mais je dis une mémoire de six ou sept ans... Vous souvenez-vous d'un de vos attentifs lorsque vous étiez petite fille et que vous portiez les cheveux en bandeau ?

— En vérité, je ne devine pas.

— Quelle horreur ! ma chère... oublier ainsi un homme charmant, qui, ou je me trompe fort, vous plaisait tellement autrefois, que votre mère s'en alarmait presque. Allons, ma belle, puisque vous oubliez ainsi

---

1. Compagnon d'Enée, allusion à l'*Enéide* de Virgile, passée en expression familière. **2.** Petites comédies qui se jouent en société. **3.** Allusion à Théodore Leclerc, auteur de comédies de salons très en vogue sous la Restauration ; dans sa *Manie des Proverbes*, il fait dire à un de ses personnages : « Quand vous serez en scène, et que vous ne trouverez plus rien à ajouter, dites *J'entends quelqu'un*, cela apprendra au personnage qui doit entrer qu'il est temps qu'il paraisse. »

vos adorateurs, il faut bien vous rappeler leurs noms : c'est M. Darcy que vous allez voir.

— M. Darcy ?

— Oui ; il est enfin revenu de Constantinople depuis quelques jours seulement. Il est venu me voir avant-hier et je l'ai invité. Savez-vous, ingrate que vous êtes, qu'il m'a demandé de vos nouvelles avec un empressement tout à fait significatif ?

— M. Darcy ?... dit Julie en hésitant et avec une distraction affectée, M. Darcy ?... N'est-ce pas un grand jeune homme blond... qui est secrétaire d'ambassade ?

— Oh ! ma chère, vous ne le reconnaîtrez pas : il est bien changé ; il est pâle, ou plutôt couleur olive, les yeux enfoncés ; il a perdu beaucoup de cheveux à cause de la chaleur, à ce qu'il dit. Dans deux ou trois ans, si cela continue, il sera chauve par-devant. Pourtant il n'a pas trente ans encore. »

Ici la dame qui écoutait ce récit de la mésaventure de Darcy conseilla fortement l'usage du kalydor [1], dont elle s'était bien trouvée après une maladie qui lui avait fait perdre beaucoup de cheveux. Elle passait ses doigts, en parlant, dans des boucles nombreuses d'un beau châtain cendré.

« Est-ce que M. Darcy est resté tout ce temps à Constantinople ? demanda Mme de Chaverny.

— Pas tout à fait, car il a beaucoup voyagé : il a été en Russie, puis il a parcouru toute la Grèce. Vous ne savez pas son bonheur ? Son oncle est mort, et lui a laissé une belle fortune. Il a été aussi en Asie mineure, dans la... comment dit-il ?... la Caramanie. Il est ravissant, ma chère ; il a des histoires charmantes qui vous enchanteront. Hier il m'en a conté de si jolies, que je lui disais toujours : “Mais gardez-les donc pour demain ; vous les direz à ces dames, au lieu de les perdre avec une vieille maman comme moi.”

---

1. *Kalydor* : « la belle eau », produit de beauté en usage à l'époque.

— Vous a-t-il conté son histoire de la femme turque qu'il a sauvée ? demanda Mme Dumanoir, la patronnesse[1] du kalydor.

— La femme turque qu'il a sauvée ? Il a sauvé une femme turque ? Il ne m'en a pas dit un mot.

— Comment ! mais c'est une action admirable, un véritable roman.

— Oh ! contez-nous cela, je vous en prie.

— Non, non ; demandez-le à lui-même. Moi, je ne sais l'histoire que de ma sœur, dont le mari, comme vous savez, a été consul à Smyrne[2]. Mais elle la tenait d'un Anglais qui avait été témoin de toute l'aventure. C'est merveilleux.

— Contez-vous cette histoire, madame. Comment voulez-vous que nous puissions attendre jusqu'au dîner ? Il n'y a rien de si désespérant que d'entendre parler d'une histoire qu'on ne sait pas.

— Eh bien, je vais vous la gâter ; mais enfin la voici telle qu'on me l'a contée : — M. Darcy était en Turquie à examiner je ne sais quelles ruines sur le bord de la mer, quand il vit venir à lui une procession fort lugubre. C'étaient des muets[3] qui portaient un sac, et ce sac, on le voyait remuer comme s'il y avait eu dedans quelque chose de vivant...

— Ah ! mon Dieu ! s'écria Mme Lambert, qui avait lu le *Giaour*[4], c'était une femme qu'on allait jeter à la mer !

— Précisément, poursuivit Mme Dumanoir, un peu piquée de se voir enlever ainsi le trait le plus dramatique de son conte. M. Darcy regarde le sac, il entend un gémissement sourd, et devine aussitôt l'horrible

---

1. *Cette dame qui conseillait le* Kalydor (RP). **2.** Smyrne, aujourd'hui Izmir, ville de Turquie, sur la mer Egée. **3.** C'étaient des *ennuques noirs* (RP) ; serviteurs du sérail. **4.** Poème de Byron, *The Giaour, a fragment of a Turkish Tale* (1813), qui raconte les amours d'un Européen et d'une jeune musulmane que son maître fait noyer. Source de tous les clichés de l'orientalisme évoqués dans *Le Vase étrusque*. Hugo l'avait repris dans *Les Orientales*.

vérité. Il demande aux muets ce qu'ils vont faire : pour toute réponse, les muets tirent leurs poignards. M. Darcy était heureusement fort bien armé. Il met en fuite les esclaves et tire enfin de ce vilain sac une femme d'une beauté ravissante, à demi évanouie, et la ramène dans la ville, où il la conduit dans une maison sûre.

— Pauvre femme ! dit Julie, qui commençait à s'intéresser à l'histoire.

— Vous la croyez sauvée ? pas du tout. Le mari jaloux, car c'était un mari, ameuta toute la populace, qui se porta à la maison de M. Darcy avec des torches, voulant le brûler vif. Je ne sais pas trop bien la fin de l'affaire ; tout ce que je sais, c'est qu'il a soutenu un siège et qu'il a fini par mettre la femme en sûreté. Il paraît même, ajouta Mme Dumanoir, changeant tout à coup son expression et prenant un *ton de nez fort dévot*[1], il paraît que M. Darcy a pris soin qu'on la convertît et qu'elle a été baptisée.

— Et M. Darcy l'a-t-il épousée ? demanda Julie en souriant.

— Pour cela, je ne puis vous le dire. Mais la femme turque... elle avait un singulier nom ; elle s'appelait Eminé... Elle avait une passion violente pour M. Darcy.

« Ma sœur me disait qu'elle l'appelait toujours *Sôtir... Sôtir...* cela veut dire *mon sauveur* en turc ou en grec[2]. Eulalie m'a dit que c'était une des plus belles personnes qu'on pût voir.

— Nous lui ferons la guerre sur sa Turque ! s'écria Mme Lambert, n'est-ce pas, mesdames ? il faut le tourmenter un peu... Au reste, ce trait de Darcy ne me surprend pas du tout : c'est un des hommes les plus généreux que je connaisse, et je sais des actions de lui qui me font venir les larmes aux yeux toutes les fois que je les raconte. — Son oncle est mort, laissant une fille naturelle qu'il n'avait jamais reconnue. Comme il n'a pas fait de testament, elle n'avait aucun droit à sa

1. Troisième allusion au dévot Tartuffe. **2.** En grec.

succession ; Darcy, qui était l'unique héritier, a voulu qu'elle y eût une part, et probablement cette part a été beaucoup plus forte que son oncle ne l'aurait faite lui-même.

— Était-elle jolie, cette fille naturelle ? demanda Mme de Chaverny d'un air assez méchant, car elle commençait à sentir le besoin de dire du mal de ce M. Darcy, qu'elle ne pouvait chasser de ses pensées[1].

— Ah ! ma chère, comment pouvez-vous supposer ?... Mais d'ailleurs M. Darcy était encore à Constantinople lorsque son oncle est mort, et vraisemblablement il n'a pas vu cette créature. »

L'arrivée de Châteaufort, du commandant Perrin et de quelques autres personnes, mit fin à cette conversation. Châteaufort s'assit auprès de Mme de Chaverny, et, profitant d'un moment où l'on parlait très haut :

« Vous paraissez triste, madame, lui dit-il ; je serais bien malheureux si ce que je vous ai dit hier en était la cause. »

Mme de Chaverny ne l'avait pas entendu, ou plutôt n'avait pas voulu l'entendre. Châteaufort éprouva donc la mortification de répéter sa phrase, et la mortification plus grande encore d'une réponse un peu sèche, après laquelle Julie se mêla aussitôt à la conversation générale ; et, changeant de place, elle s'éloigna de son malheureux admirateur.

Sans se décourager, Châteaufort faisait inutilement beaucoup d'esprit. Mme de Chaverny, à qui seulement il voulait plaire, l'écoutait avec distraction : elle pensait à l'arrivée prochaine de M. Darcy, tout en se demandant pourquoi elle s'occupait tant d'un homme qu'elle devait avoir oublié, et qui probablement l'avait aussi oubliée depuis longtemps.

Enfin le bruit d'une voiture se fit entendre ; la porte du salon s'ouvrit.

« Eh ! le voilà ! » s'écria Mme Lambert. Julie n'osa pas tourner la tête, mais pâlit extrêmement. Elle

---

1. De son esprit (RP ; 1833 ; 1842).

éprouva une vive et subite sensation de froid, et elle eut besoin de rassembler toutes ses forces pour se remettre et empêcher Châteaufort de remarquer le changement de ses traits.

Darcy baisa la main de Mme Lambert et lui parla debout quelque temps, puis il s'assit auprès d'elle. Alors il se fit un grand silence : Mme Lambert paraissait attendre et ménager une reconnaissance [1]. Châteaufort et les hommes, à l'exception du bon commandant Perrin, observaient Darcy avec une curiosité un peu jalouse. Arrivant [2] de Constantinople, il avait de grands avantages sur eux, et c'était un motif suffisant pour qu'ils se donnassent cet air de raideur compassée que l'on prend d'ordinaire avec les étrangers. Darcy, qui n'avait fait attention à personne, rompit le silence le premier. Il parla du temps ou de la route, peu importe ; sa voix était douce et musicale. Mme de Chaverny se hasarda à le regarder : elle le vit de profil. Il lui parut maigri, et son expression avait changé... En somme, elle le trouva bien.

« Mon cher Darcy, dit Mme Lambert, regardez bien autour de vous, et voyez si vous ne trouverez pas ici une de vos anciennes connaissances. »

Darcy tourna la tête, et aperçut Julie, qui s'était cachée jusqu'alors sous son chapeau. Il se leva précipitamment avec une exclamation de surprise, s'avança vers elle en étendant la main ; puis, s'arrêtant tout à coup et comme se repentant de son excès de familiarité, il salua Julie très profondément, et lui exprima en termes *convenables* tout le plaisir qu'il avait à la revoir. Julie balbutia quelques mots de politesse, et rougit beaucoup en voyant que Darcy se tenait toujours debout devant elle et la regardait fixement.

Sa présence d'esprit lui revint bientôt, et elle le regarda à son tour avec ce regard à la fois distrait et

---

1. Madame Lambert prépare ses effets, et comme dans une comédie, fait se rencontrer des personnages qui se croyaient perdus.
2. *Nouveau-venu* et arrivant (RP).

observateur que les gens du monde prennent quand ils veulent. C'était un grand jeune homme pâle, et dont les traits exprimaient le calme, mais un calme qui semblait provenir moins d'un état habituel de l'âme que de l'empire[1] qu'elle était parvenue à prendre sur l'expression de la physionomie. Des rides déjà marquées sillonnaient son front. Ses yeux étaient enfoncés, les coins de sa bouche abaissés, et ses tempes commençaient à se dégarnir de cheveux. Cependant il n'avait pas plus de trente ans. Darcy était très simplement habillé, mais avec cette élégance qui indique les habitudes de la bonne compagnie et l'indifférence sur un sujet qui occupe les méditations de tant de jeunes gens. Julie fit toutes ces observations avec plaisir. Elle remarqua encore qu'il avait au front une cicatrice assez longue qu'il cachait mal avec une mèche de cheveux, et qui paraissait avoir été faite par un coup de sabre.

Julie était assise à côté de Mme Lambert. Il y avait une chaise entre elle et Châteaufort ; mais aussitôt que Darcy s'était levé, Châteaufort avait mis sa main sur le dossier de la chaise, l'avait placée sur un seul pied, et la tenait en équilibre. Il était évident qu'il prétendait la garder comme le chien du jardinier[2] gardait le coffre d'avoine. Mme Lambert eut pitié de Darcy qui se tenait toujours debout devant Mme de Chaverny. Elle fit une place à côté d'elle sur le canapé où elle était assise, et l'offrit à Darcy, qui se trouva de la sorte auprès de Julie. Il s'empressa de profiter de cette position avantageuse, en commençant avec elle une conversation suivie.

Pourtant il eut à subir de Mme Lambert et de quelques autres personnes un interrogatoire en règle sur ses voyages ; mais il s'en tira assez laconiquement,

---

1. Maîtrise de soi, contrôle de l'expression de son visage.
2. Qui n'en profite pas, expression espagnole « *es del hortelano el porro, ni come, ni comer dexa* », (c'est le chien du jardinier qui ne mange ni ne se laisse manger) ; Lope de Vega l'avait prise pour titre d'une de ses comédies.

et il saisissait toutes les occasions de reprendre son espèce d'aparté avec Mme de Chaverny.

« Prenez le bras de Mme de Chaverny », dit Mme Lambert à Darcy au moment où la cloche du château annonça le dîner.

Châteaufort se mordit les lèvres, mais il trouva moyen de se placer à table assez près de Julie pour bien l'observer.

Après le dîner, la [illegible] et [illegible] [illegible] dans le jardin autour d'une [illegible]

[illegible]

IX

Après le dîner, la soirée étant belle et le temps chaud, on se réunit dans le jardin autour d'une table rustique pour prendre le café.

Châteaufort avait remarqué avec un dépit croissant les attentions de Darcy pour Mme de Chaverny. À mesure qu'il observait l'intérêt qu'elle paraissait prendre à la conversation du nouveau venu, il devenait moins aimable lui-même, et la jalousie qu'il ressentait n'avait d'autre effet que de lui ôter ses moyens de plaire. Il se promenait sur la terrasse où l'on était assis, ne pouvant rester en place, suivant l'ordinaire des gens inquiets, regardant souvent de gros nuages noirs qui se formaient à l'horizon et annonçaient un orage, plus souvent encore son rival, qui causait à voix basse avec Julie. Tantôt il la voyait sourire, tantôt elle devenait sérieuse, tantôt elle baissait les yeux timidement ; enfin il voyait que Darcy ne pouvait pas lui dire un mot qui ne produisît un effet marqué ; et ce qui le chagrinait surtout, c'est que les expressions variées que prenaient les traits de Julie semblaient n'être que l'image et comme la réflexion de la physionomie mobile de Darcy. Enfin, ne pouvant plus tenir à cette espèce de supplice, il s'approcha d'elle, et, se penchant sur le dos de sa chaise au moment où Darcy donnait à quelqu'un des renseignements sur la barbe du sultan [1] Mahmoud :

---

1. Cliché orientaliste, repris du *Vase étrusque* : Mohamet Ali Pacha, est un « beau vieillard, belle barbe blanche ». Le sultan ou empereur de Turcs, est Mahmoud II (1785-1839).

« Madame, dit-il d'un ton amer, M. Darcy paraît être un homme bien aimable !

— Oh ! oui, répondit Mme de Chaverny avec une expression d'enthousiasme qu'elle ne put réprimer.

— Il y paraît, continua Châteaufort, car il vous fait oublier vos anciens amis.

— Mes anciens amis ! dit Julie d'un accent un peu sévère. Je ne sais ce que vous voulez dire. » Et elle lui tourna le dos. Puis, prenant un coin du mouchoir que Mme Lambert tenait à la main :

« Que la broderie de ce mouchoir est de bon goût ! dit-elle. C'est un ouvrage merveilleux.

— Trouvez-vous, ma chère ? C'est un cadeau de M. Darcy, qui m'a rapporté je ne sais combien de mouchoirs brodés de Constantinople. — À propos, Darcy, est-ce votre Turque qui vous les a brodés ?

— Ma Turque ! quelle Turque ?

— Oui, cette belle sultane à qui vous avez sauvé la vie, qui vous appelait... oh ! nous savons tout... qui vous appelait... son... sauveur enfin. Vous devez savoir comment cela se dit en turc. »

Darcy se frappa le front en riant.

« Est-il possible, s'écria-t-il, que la renommée de ma mésaventure soit déjà parvenue à Paris !

— Mais il n'y a pas de mésaventure là-dedans ; il n'y en a peut-être que pour le Mamamouchi [1] qui a perdu sa favorite.

— Hélas ! répondit Darcy, je vois bien que vous ne savez que la moitié de l'histoire, car c'est une aventure aussi triste pour moi que celle des moulins à vent le fut pour don Quichotte. Faut-il que, après avoir tant donné à rire aux Francs, je sois encore persiflé à Paris

---

1. Allusion au *Bourgeois Gentilhomme* de Molière : « Mamamouchi ; c'est-à-dire, en notre langue, Paladin », IV, III ; le terme désigne un potentat ridicule.

pour le seul fait de chevalier errant dont je me sois jamais rendu coupable[1] !

— Comment ! mais nous ne savons rien. Contez-nous cela ! s'écrièrent toutes les dames à la fois.

— Je devrais, dit Darcy, vous laisser sur le récit que vous connaissez déjà, et me dispenser de la suite dont les souvenirs n'ont rien de bien agréable pour moi ; mais un de mes amis... je vous demande la permission de vous le présenter, madame Lambert, — Sir John Tyrrel... un de mes amis, acteur aussi dans cette scène tragi-comique, va bientôt venir à Paris. Il pourrait bien se donner le malin plaisir de me prêter dans son récit un rôle encore plus ridicule que celui que j'ai joué. Voici le fait : Cette malheureuse femme, une fois installée dans le consulat de France...

— Oh ! mais commencez par le commencement ! s'écria Mme Lambert.

— Mais vous le savez déjà.

— Nous ne savons rien, et nous voulons que vous nous contiez toute l'histoire d'un bout à l'autre.

— Eh bien, vous saurez, mesdames, que j'étais à Larnaca[2] en 18... Un jour, je sortis de la ville pour dessiner. Avec moi était un jeune Anglais très aimable, bon garçon, bon vivant, nommé Sir John Tyrrel, un de ces hommes précieux en voyage, parce qu'ils pensent au dîner, qu'ils n'oublient pas les provisions et qu'ils sont toujours de bonne humeur. D'ailleurs il voyageait sans but et ne savait ni la géologie ni la botanique, sciences bien fâcheuses dans un compagnon de voyage.

« Je m'étais assis à l'ombre d'une masure, à deux cents pas environ de la mer, qui, dans cet endroit, est dominée par des rochers à pic. J'étais fort occupé à

---

1. *Je suis encore victime à Paris de la seule tentative que j'aie faite pour renouveler la chevalerie errante* (RP). **2.** Ville de Chypre.

dessiner ce qui restait d'un sarcophage antique[1], tandis que Sir John, couché sur l'herbe, se moquait de ma passion malheureuse pour les beaux-arts en fumant de délicieux tabac de Latakié[2]. À côté de nous, un drogman[3] turc, que nous avions pris à notre service, nous faisait du café. C'était le meilleur faiseur de café et le plus poltron de tous les Turcs que j'ai connus.

« Tout d'un coup Sir John s'écria avec joie :

« — Voici des gens qui descendent de la montagne avec de la neige ; nous allons leur en acheter et faire du sorbet avec des oranges. »

« Je levai les yeux, et je vis venir à nous un âne sur lequel était chargé en travers un gros paquet ; deux esclaves le soutenaient de chaque côté. En avant, un ânier conduisait l'âne, et derrière, un Turc vénérable, à barbe blanche, fermait la marche, monté sur un assez bon cheval. Toute cette procession s'avançait lentement et avec beaucoup de gravité.

« Notre Turc, tout en soufflant son feu, jeta un coup d'œil de côté sur la charge de l'âne, et nous dit avec un singulier sourire : "Ce n'est pas de la neige." Puis il s'occupa de notre café avec son flegme habituel.

« — Qu'est-ce donc ? demanda Tyrrel. Est-ce quelque chose à manger ?

« — Pour *les poissons* », répondit le Turc.

« En ce moment l'homme à cheval partit au galop ; et, se dirigeant vers la mer, il passa auprès de nous, non sans nous jeter un de ces regards méprisants que les musulmans adressent volontiers aux chrétiens. Il poussa son cheval jusqu'aux rochers à pic dont je vous ai parlé, et l'arrêta court à l'endroit le plus escarpé. Il regardait la mer, et paraissait chercher le meilleur endroit pour se précipiter.

« Nous examinâmes alors avec plus d'attention le

---

1. Divertissement savant de touriste, archéologue amateur, auquel se livreront aussi Orso et Miss Nevill dans le dernier chapitre de *Colomba*. **2.** Tabac brun d'Orient ou de Macédoine. **3.** *Domestique* turc (RP) ; il s'agit en fait d'un interprète.

paquet que portait l'âne, et nous fûmes frappés de la forme étrange du sac. Toutes les histoires de femmes noyées par des maris jaloux nous revinrent aussitôt à la mémoire. Nous nous communiquâmes nos réflexions.

« — Demande à ces coquins, dit Sir John à notre Turc, si ce n'est pas une femme qu'ils portent ainsi ? »

« Le Turc ouvrit de grands yeux effarés, mais non la bouche. Il était évident qu'il trouvait notre question par trop inconvenante.

« En ce moment le sac étant près de nous, nous le vîmes distinctement remuer, et nous entendîmes même une espèce de gémissement ou de grognement qui en sortait.

« Tyrrel, quoique gastronome, est fort chevaleresque. Il se leva comme un furieux, courut à l'ânier et lui demanda en anglais, tant il était troublé par la colère, ce qu'il conduisait ainsi et ce qu'il prétendait faire de son sac. L'ânier n'avait garde de répondre : mais le sac s'agita violemment, des cris de femme se firent entendre ; sur quoi les deux esclaves se mirent à donner sur le sac de grands coups de courroies dont ils se servaient pour faire marcher l'âne. Tyrrel était poussé à bout. D'un vigoureux et scientifique coup de poing il jeta l'ânier à terre et saisit un esclave à la gorge : sur quoi le sac, poussé violemment dans la lutte, tomba lourdement sur l'herbe.

« J'étais accouru. L'autre esclave se mettait en devoir de ramasser des pierres, l'ânier se relevait. Malgré mon aversion pour me mêler des affaires des autres, il m'était impossible de ne pas venir au secours de mon compagnon. M'étant saisi d'un piquet qui me servait à tenir mon parasol quand je dessinais, je le brandissais en menaçant les esclaves et l'ânier de l'air le plus martial qu'il m'était possible. Tout allait bien, quand ce diable de Turc à cheval, ayant fini de contempler la mer et s'étant retourné au bruit que nous faisions, partit comme une flèche et fut sur nous avant que nous y eussions pensé : il avait à la main une espèce de vilain coutelas...

— Un ataghan[1] ? dit Châteaufort qui aimait la couleur locale.

— Un ataghan, reprit Darcy avec un sourire d'approbation. Il passa auprès de moi et me donna sur la tête un coup de cet ataghan qui me fit voir trente-six... *bougies*[2], comme disait si élégamment mon ami M. le marquis de Roseville. Je ripostai pourtant en lui assenant un bon coup de piquet sur les reins, et je fis ensuite le moulinet de mon mieux, frappant ânier, esclaves, cheval et Turc, devenu moi-même dix fois plus furieux que mon ami Sir John Tyrrel. L'affaire aurait sans doute tourné mal pour nous. Notre drogman observait la neutralité, et nous ne pouvions nous défendre longtemps avec un bâton contre trois hommes d'infanterie, un de cavalerie et un ataghan. Heureusement Sir John se souvint d'une paire de pistolets que nous avions apportée. Il s'en saisit, m'en jeta un, et prit l'autre qu'il dirigea aussitôt contre le cavalier qui nous donnait tant d'affaires. La vue de ces armes et le léger claquement du chien du pistolet produisirent un effet magique sur nos ennemis. Ils prirent honteusement la fuite, nous laissant maîtres du champ de bataille, du sac et même de l'âne. Malgré toute notre colère, nous n'avions pas fait feu, et ce fut un bonheur, car on ne tue pas impunément un bon musulman, et il en coûte cher pour le rosser.

« Lorsque je me fus un peu essuyé, notre premier soin fut, comme vous le pensez bien, d'aller au sac et de l'ouvrir. Nous y trouvâmes une assez jolie femme, un peu grasse, avec de beaux cheveux noirs, et n'ayant pour tout vêtement qu'une chemise de laine bleue un peu moins transparente que l'écharpe de Mme de Chaverny.

---

1. Le mot, déjà cité dans *Le Vase étrusque*, est pris des notes de la traduction française du *Giaour* (Paris, 1820) : « La dague des Musulmans s'appelle ataghan ; elle est suspendue à un ceinturon avec les pistolets. Le fourreau en est ordinairement de métal, et souvent d'argent. Celui des Turcs plus riches est doré, ou même d'or », p. 51. **2.** *Mille étoiles* (RP ; 1833).

« Elle se tira [1] lestement du sac, et, sans paraître fort embarrassée, nous adressa un discours très pathétique sans doute, mais dont nous ne comprîmes pas un mot ; à la suite de quoi, elle me baisa la main. C'est la seule fois, mesdames, qu'une dame m'ait fait cet honneur.

« Le sang-froid nous était revenu cependant. Nous voyions notre drogman s'arracher la barbe comme un homme désespéré. Moi, je m'accommodais la tête de mon mieux avec mon mouchoir. Tyrrel disait :

« — Que diable faire de cette femme ? Si nous restons ici, le mari va revenir en force et nous assommera ; si nous retournons à Larnaca avec elle dans ce bel équipage, la canaille nous lapidera infailliblement. »

« Tyrrel, embarrassé de toutes ces réflexions, et ayant recouvré son flegme britannique, s'écria :

« — Quelle diable d'idée avez-vous eue d'aller dessiner aujourd'hui ! »

« Son exclamation me fit rire, et la femme, qui n'y avait rien compris, se mit à rire aussi.

« Il fallut pourtant prendre un parti. Je pensai que ce que nous avions de mieux à faire, c'était de nous mettre sous la protection du consul [2] de France ; mais le plus difficile était de rentrer à Larnaca. Le jour tombait, et ce fut une circonstance heureuse pour nous. Notre Turc nous fit prendre un grand détour, et nous arrivâmes, grâce à la nuit et à cette précaution, sans encombre à la maison du consul, qui est hors de la ville. J'ai oublié de vous dire que nous avions composé à la femme un costume presque décent avec le sac et le turban de notre interprète.

« Le consul nous reçut fort mal, nous dit que nous étions des fous, qu'il fallait respecter les us et coutumes des pays où l'on voyage, qu'il ne fallait pas mettre le doigt entre l'arbre et l'écorce... Enfin, il nous tança d'importance ; et il avait raison, car nous en avions fait assez pour occasionner une violente émeute, et faire massacrer tous les Francs de l'île de Chypre.

---

1. Elle *sauta* (RP ; 1833). **2.** *Vice*-consul (RP ; 1833 ; 1842).

« Sa femme fut plus humaine ; elle avait lu beaucoup de romans, et trouva notre conduite très généreuse. Dans le fait, nous nous étions conduits en héros de roman[1]. Cette excellente dame était fort dévote ; elle pensa qu'elle convertirait facilement l'infidèle que nous lui avions amenée, que cette conversion serait mentionnée au *Moniteur*[2] et que son mari serait nommé consul général. Tout ce plan se fit en un instant dans sa tête. Elle embrassa la femme turque, lui donna une robe, fit honte à M. le consul de sa cruauté, et l'envoya chez le pacha pour arranger l'affaire.

« Le pacha était fort en colère. Le mari jaloux était un personnage, et jetait feu et flamme. C'était une horreur, disait-il, que des chiens de chrétiens empêchassent un homme comme lui de jeter son esclave à la mer. Le consul était fort en peine ; il parla beaucoup du roi son maître, encore plus d'une frégate de soixante canons qui venait de paraître dans les eaux de Larnaca. Mais l'argument qui produisit le plus d'effet, ce fut la proposition qu'il fit en notre nom de payer l'esclave à juste prix.

« Hélas ! si vous saviez ce que c'est que le juste prix d'un Turc ! Il fallut payer le mari, payer le pacha, payer l'ânier à qui Tyrrel avait cassé deux dents, payer pour le scandale, payer pour tout. Combien de fois Tyrrel s'écria douloureusement :

« — Pourquoi diable aller dessiner sur le bord de la mer ! »

« Quelle aventure, mon pauvre Darcy ! s'écria Mme Lambert, c'est donc là que vous avez reçu cette terrible balafre ? De grâce, relevez donc vos cheveux. Mais c'est un miracle qu'il ne vous ait pas fendu la tête ! »

Julie, pendant tout ce récit, n'avait pas détourné les

---

1. Ce roman dans le roman est en fait une turquerie bouffonne.
2. Ou *Moniteur universel*, journal officiel du gouvernement français jusqu'en 1869.

yeux du front du narrateur ; elle demanda enfin d'une voix timide :

« Que devint la femme ?

— C'est là justement la partie de l'histoire que je n'aime pas trop à raconter. La suite est si triste pour moi qu'à l'heure où je vous parle, on se moque encore de notre équipée chevaleresque.

— Était-elle jolie, cette femme ? demanda Mme de Chaverny en rougissant un peu.

— Comment se nommait-elle ? demanda Mme Lambert.

— Elle se nommait Emineh.

— Jolie ?...

— Oui, elle était assez jolie, mais trop grasse et toute barbouillée de fard, suivant l'usage de son pays. Il faut beaucoup d'habitude pour apprécier les charmes d'une beauté turque. Emineh fut donc installée dans la maison du consul. Elle était mingrélienne [1], et dit à Mme C***, la femme du consul, qu'elle était fille de prince. Dans ce pays, tout coquin qui commande à dix autres coquins est un prince. On la traita donc en princesse : elle dînait à table, mangeait comme quatre ; puis, quand on lui parlait religion, elle s'endormait régulièrement. Cela dura quelque temps. Enfin on prit jour pour le baptême. Mme C*** se nomma sa marraine, et voulut que je fusse parrain avec elle. Bonbons, cadeaux et tout ce qui s'ensuit !... Il était écrit que cette malheureuse Emineh me ruinerait. Mme C*** disait qu'Emineh m'aimait mieux que Tyrrel, parce qu'en me présentant du café elle en laissait toujours tomber sur mes habits. Je me préparais à ce baptême avec une componction [2] vraiment évangélique, lorsque, la veille de la cérémonie, la belle Emineh disparut. Faut-il vous dire tout ? Le consul avait pour cuisinier un Mingrélien, grand coquin certainement, mais admirable pour

---

1. Originaire d'une province de Russie du Sud, sur les bords de la mer Noire. **2.** Attitude de gravité, qui fait contraste avec le ridicule du dénouement.

le pilaf[1]. Ce Mingrélien avait plu à Emineh qui avait sans doute du patriotisme à sa manière. Il l'enleva, et en même temps une somme assez forte à M. C***, qui ne put jamais le retrouver. Ainsi le consul en fut pour son argent, sa femme pour le trousseau qu'elle avait donné à Emineh, moi pour mes gants, mes bonbons, outre les coups que j'avais reçus. Le pire, c'est qu'on me rendit en quelque sorte responsable de l'aventure. On prétendit que c'était moi qui avais délivré cette vilaine femme que je voudrais savoir au fond de la mer, et qui avais attiré tant de malheurs sur mes amis. Tyrrel sut se tirer d'affaire ; il passa pour victime, tandis que lui seul était cause de toute la bagarre, et moi je restai avec une réputation de don Quichotte et la balafre que vous voyez, qui nuit beaucoup à mes succès[2]. »

L'histoire contée, on rentra dans le salon. Darcy causa encore quelque temps avec Mme de Chaverny, puis il fut obligé de la quitter pour se voir présenter un jeune homme fort savant en économie politique, qui étudiait pour être député, et qui désirait avoir des renseignements statistiques sur l'empire ottoman.

---

1. Plat oriental, à base de riz. **2.** L'expression est doublement ironique, pour Darcy lui-même, conscient de ses succès amoureux, et pour le narrateur, qui prépare la défaite de Julie.

X

Julie, depuis que Darcy l'avait quittée, regardait souvent la pendule. Elle écoutait Châteaufort avec distraction, et ses yeux cherchaient involontairement Darcy, qui causait à l'autre extrémité du salon. Quelquefois il la regardait tout en parlant à son amateur de statistique, et elle ne pouvait supporter son regard pénétrant, quoique calme. Elle sentait qu'il avait déjà pris un empire extraordinaire sur elle et elle ne pensait plus à s'y soustraire.

Enfin elle demanda sa voiture, et soit à dessein, soit par préoccupation, elle la demanda en regardant Darcy d'un regard qui voulait dire : « Vous avez perdu une demi-heure que nous aurions pu passer ensemble. » La voiture était prête. Darcy causait toujours, mais il paraissait fatigué et ennuyé du questionneur qui ne le lâchait pas. Julie se leva lentement, serra la main de Mme Lambert, puis elle se dirigea vers la porte du salon, surprise et presque piquée de voir Darcy demeurer toujours à la même place. Châteaufort était auprès d'elle ; il lui offrit son bras qu'elle prit machinalement sans l'écouter, et presque sans s'apercevoir de sa présence.

Elle traversa le vestibule, accompagnée de Mme Lambert et de quelques personnes qui la reconduisirent jusqu'à sa voiture. Darcy était resté dans le salon. Quand elle fut assise dans sa calèche, Châteaufort lui demanda en souriant si elle n'aurait pas peur toute seule la nuit par les chemins, ajoutant qu'il allait la suivre de près dans son tilbury, aussitôt que le commandant Perrin aurait fini sa partie de billard. Julie, qui était toute rêveuse, fut rappelée à elle-même par le son de sa voix, mais elle n'avait rien compris. Elle fit ce qu'aurait fait toute autre femme en pareille circonstance : elle sourit. Puis, d'un signe de tête, elle dit adieu aux personnes réunies sur le perron, et ses chevaux l'entraînèrent rapidement.

Mais précisément au moment où la voiture s'ébranlait, elle avait vu Darcy sortir du salon, pâle, l'air triste, et les yeux fixés sur elle, comme s'il lui demandait un adieu distinct. Elle partit, emportant le regret de n'avoir pu lui faire un signe de tête pour lui seul, et elle pensa même qu'il en serait piqué. Déjà elle avait oublié qu'il avait laissé à un autre le soin de la conduire à sa voiture ; maintenant les torts étaient de son côté, et elle se les reprochait comme un grand crime. Les sentiments qu'elle avait éprouvés pour Darcy, quelques années auparavant, en le quittant après cette soirée où elle avait chanté faux, étaient bien moins vifs que ceux qu'elle emportait cette fois. C'est que non seulement les années avaient donné de la force à ses impressions, mais encore elles s'augmentaient de toute la colère accumulée contre son mari. Peut-être même l'espèce d'entraînement qu'elle avait ressenti pour Châteaufort, qui, d'ailleurs, dans ce moment, était complètement oublié, l'avait-il préparée à se laisser aller, sans trop de remords, au sentiment bien plus vif qu'elle éprouvait pour Darcy.

Quant à lui, ses pensées étaient d'une nature plus calme. Il avait rencontré avec plaisir une jolie femme qui lui rappelait des souvenirs heureux, et dont la connaissance lui serait probablement agréable pour l'hiver qu'il allait passer à Paris. Mais, une fois qu'elle n'était plus devant ses yeux, il ne lui restait tout au plus que le souvenir de quelques heures écoulées gaiement, souvenir dont la douceur était encore altérée par la perspective de se coucher tard et de faire quatre lieues pour retrouver son lit. Laissons-le, tout entier à ses idées prosaïques, s'envelopper soigneusement dans son manteau, s'établir commodément et en biais dans son coupé de louage, égarant ses pensées du salon de Mmc Lambert à Constantinople, de Constantinople à Corfou, et de Corfou à un demi-sommeil.

Cher lecteur, nous suivrons, s'il vous plaît, Mme de Chaverny.

XI

Lorsque Mme de Chaverny quitta le château de Mme Lambert, la nuit était horriblement noire, l'atmosphère lourde et étouffante : de temps en temps, des éclairs, illuminant le paysage, dessinaient les silhouettes noires des arbres sur un fond d'un orangé livide. L'obscurité semblait redoubler après chaque éclair, et le cocher ne voyait pas la tête de ses chevaux. Un orage violent éclata bientôt. La pluie, qui tombait d'abord en gouttes larges et rares, se changea promptement en un véritable déluge. De tous côtés le ciel était en feu et l'artillerie céleste commençait à devenir assourdissante. Les chevaux, effrayés, soufflaient fortement et se cabraient au lieu d'avancer, mais le cocher avait parfaitement dîné : son épais carrick[1], et surtout le vin qu'il avait bu, l'empêchaient de craindre l'eau et les mauvais chemins. Il fouettait énergiquement les pauvres bêtes, non moins intrépide que César dans la tempête lorsqu'il disait à son pilote : « Tu portes César et sa fortune ![2] »

Mme de Chaverny, n'ayant pas peur du tonnerre, ne s'occupait guère de l'orage. Elle se répétait tout ce que Darcy lui avait dit, et se repentait de ne lui avoir pas dit cent choses qu'elle aurait pu lui dire, lorsqu'elle fut tout à coup interrompue dans ses méditations par un choc violent que reçut sa voiture : en même temps les

1. Ample redingote à plusieurs collets servant de manteau de pluie. 2. Mot « historique », rapporté par Plutarque dans sa *Vie de César*, employé ici de façon parodique.

glaces volèrent en éclats, un craquement de mauvais augure se fit entendre ; la calèche était précipitée dans un fossé. Julie en fut quitte pour la peur. Mais la pluie ne cessait pas ; une roue était brisée ; les lanternes s'étaient éteintes, et l'on ne voyait pas aux environs une seule maison pour se mettre à l'abri. Le cocher jurait, le valet de pied maudissait le cocher, et pestait contre sa maladresse. Julie restait dans sa voiture, demandant comment on pourrait revenir à P... ou ce qu'il fallait faire ; mais à chaque question qu'elle faisait elle recevait cette réponse désespérante :

« C'est impossible ! »

Cependant on entendit de loin le bruit sourd d'une voiture qui s'approchait. Bientôt le cocher de Mme de Chaverny reconnut, à sa grande satisfaction, un de ses collègues avec lequel il avait jeté les fondements d'une tendre amitié dans l'office de Mme Lambert ; il lui cria de s'arrêter [1].

La voiture s'arrêta, et, à peine le nom de Mme de Chaverny fut-il prononcé, qu'un jeune homme qui se trouvait dans le coupé ouvrit lui-même la portière, et s'écriant : « Est-elle blessée ? » s'élança d'un bond auprès de la calèche de Julie. Elle avait reconnu Darcy, elle l'attendait.

Leurs mains se rencontrèrent dans l'obscurité et Darcy crut sentir que Mme de Chaverny pressait la sienne ; mais c'était probablement un effet de la peur. Après les premières questions, Darcy offrit naturellement sa voiture. Julie ne répondit pas d'abord, car elle était fort indécise sur le parti qu'elle devait prendre. D'un côté, elle pensait aux trois ou quatre lieues qu'elle aurait à faire en tête-à-tête avec un jeune homme, si elle voulait aller à Paris ; d'un autre côté, si elle revenait au château pour y demander l'hospitalité à Mme Lambert, elle frémissait à l'idée de raconter le romanesque accident de la voiture versée et du secours qu'elle aurait reçu de Darcy. Reparaître au salon au

1. Addition de (1842).

milieu de la partie de whist, sauvée par Darcy comme la femme turque[1]... on ne pouvait y songer. Mais aussi trois longues lieues jusqu'à Paris[2] !... Pendant qu'elle flottait ainsi dans l'incertitude, et qu'elle balbutiait assez maladroitement quelques phrases banales sur l'embarras qu'elle allait causer, Darcy, qui semblait lire au fond de son cœur, lui dit froidement :

« Prenez ma voiture, madame, je resterai dans la vôtre jusqu'à ce qu'il passe quelqu'un pour Paris. »

Julie, craignant de montrer trop de pruderie, se hâta d'accepter la première offre, mais non la seconde. Et comme sa résolution fut toute soudaine, elle n'eut pas le temps de résoudre l'importante question de savoir si l'on irait à P... ou à Paris. Elle était déjà dans le coupé de Darcy, enveloppée de son manteau, qu'il s'empressa de lui donner, et les chevaux trottaient lestement vers Paris, avant qu'elle eût pensé à dire où elle voulait aller. Son domestique avait choisi pour elle en donnant au cocher le nom et la rue de sa maîtresse.

La conversation commença embarrassée de part et d'autre. Le son de la voix de Darcy était bref, et paraissait annoncer un peu d'humeur. Julie s'imagina que son irrésolution l'avait choqué, et qu'il la prenait pour une prude ridicule. Déjà elle était tellement sous l'influence de cet homme qu'elle s'adressait intérieurement de vifs reproches, et ne songeait plus qu'à dissiper ce mouvement d'humeur dont elle s'accusait[3]. L'habit de Darcy était mouillé, elle s'en aperçut, et, se débarrassant aussitôt du manteau, elle exigea qu'il s'en couvrît. De là un combat de générosité, d'où il résulta que, le différend ayant été tranché par la moitié, chacun eut sa part du manteau. Imprudence énorme qu'elle

---

1. Turque, *subir ensuite toutes les questions impertinentes et les compliments de condoléance...* on ne pouvait (1833). **2.** Douze à quatorze kilomètres, une heure de trajet compromettant. **3.** *Et qu'elle ne songea plus qu'à lui ôter l'humeur qu'il montrait* (1833 ; 1842).

n'aurait pas commise sans ce moment d'hésitation qu'elle voulait faire oublier !

Ils étaient si près l'un de l'autre, que la joue de Julie pouvait sentir la chaleur de l'haleine de Darcy. Les cahots de la voiture les rapprochaient même quelquefois davantage.

« Ce manteau qui nous enveloppe tous les deux, dit Darcy, me rappelle nos charades d'autrefois. Vous souvenez-vous d'avoir été ma Virginie[1], lorsque nous nous affublâmes tous deux du mantelet de votre grand-mère ?

— Oui, et de la mercuriale[2] qu'elle me fit à cette occasion.

— Ah ! s'écria Darcy, quel heureux temps que celui-là ! Combien de fois j'ai pensé avec tristesse et bonheur à nos divines soirées de la rue de Bellechasse[3] ! Vous rappelez-vous les belles ailes de vautour qu'on vous avait attachées aux épaules avec des rubans roses, et le bec de papier doré que je vous avais fabriqué avec tant d'art ?

— Oui, répondit Julie, vous étiez Prométhée, et moi le vautour. Mais quelle mémoire vous avez ! Comment avez-vous pu vous souvenir de toutes ces folies ? car il y a si longtemps que nous ne nous sommes vus !

— Est-ce un compliment que vous me demandez ? » dit Darcy en souriant et s'avançant de manière à la regarder en face.

Puis, d'un ton plus sérieux :

« En vérité, poursuivit-il, il n'est pas extraordinaire que j'aie conservé le souvenir des plus heureux moments de ma vie.

— Quel talent vous aviez pour les charades !... dit

---

1. Allusion à *Paul et Virginie* (1788), le roman exotique de Bernardin de Saint-Pierre ; la méprise amoureuse dont sont victimes les deux personnages se complète d'une sorte de déterminisme romanesque qui remonte à l'enfance. **2.** Réprimande (le terme est vieilli et recherché). **3.** Rue du très aristocratique Faubourg Saint-Germain.

Julie qui craignait que la conversation ne prît un tour trop sentimental.

— Voulez-vous que je vous donne une autre preuve de ma mémoire ? interrompit Darcy. Vous rappelez-vous notre traité d'alliance chez Mme Lambert ? Nous nous étions promis de dire du mal de l'univers entier ; en revanche, de nous soutenir l'un l'autre envers et contre tous... Mais notre traité a eu le sort de la plupart des traités ; il est resté sans exécution.

— Qu'en savez-vous ?

— Hélas ! j'imagine que vous n'avez pas eu souvent occasion de me défendre ; car, une fois éloigné de Paris, quel oisif s'est occupé de moi ?

— De vous défendre... non... mais de parler de vous à vos amis...

— Oh ! mes amis ! s'écria Darcy avec un sourire mêlé de tristesse, je n'en avais guère à cette époque, que vous connussiez, du moins. Les jeunes gens que voyait madame votre mère me haïssaient, je ne sais pourquoi ; et, quant aux femmes, elles pensaient peu à monsieur l'attaché du ministère des Affaires étrangères.

— C'est que vous ne vous occupiez pas d'elles.

— Cela est vrai. Jamais je n'ai su faire l'aimable auprès des personnes que je n'aimais pas [1]. »

Si l'obscurité avait permis de distinguer la figure de Julie, Darcy aurait pu voir qu'une vive rougeur s'était répandue sur ses traits en entendant cette dernière phrase, à laquelle elle avait donné un sens auquel peut-être Darcy ne songeait pas.

Quoi qu'il en soit, laissant là des souvenirs trop bien conservés par l'un et par l'autre, Julie voulut le remettre un peu sur ses voyages, espérant que, par ce moyen, elle serait dispensée de parler. Le procédé réussit presque toujours avec les voyageurs, surtout avec ceux qui ont visité quelque pays lointain.

---

1. C'est aussi le défaut de Saint-Clair, dans *Le Vase étrusque*, qui ne veut pas « faire l'aimable », se plier aux règles du monde.

« Quel beau voyage que le vôtre ! dit-elle, et combien je regrette de ne pouvoir jamais en faire un semblable ! »

Mais Darcy n'était plus en humeur conteuse.

« Quel est ce jeune homme à moustaches, demanda-t-il brusquement, qui vous parlait tout à l'heure ? »

Cette fois, Julie rougit encore davantage.

« C'est un ami de mon mari, répondit-elle, un officier de son régiment... On dit, poursuivit-elle sans vouloir abandonner son thème oriental, que les personnes qui ont vu ce beau ciel bleu de l'Orient ne peuvent plus vivre ailleurs.

— Il m'a déplu horriblement, je ne sais pourquoi... Je parle de l'ami de votre mari, non du ciel bleu... Quant à ce ciel bleu, madame, Dieu vous en préserve ! On finit par le prendre tellement en guignon [1] à force de le voir toujours le même, qu'on admirerait comme le plus beau de tous les spectacles un sale brouillard de Paris. Rien n'agace plus les nerfs, croyez-moi, que ce beau ciel bleu, qui était bleu hier et qui sera bleu demain. Si vous saviez avec quelle impatience, avec quel désappointement toujours renouvelé on attend, on espère un nuage !

— Et cependant vous êtes resté bien longtemps sous ce ciel bleu !

— Mais, madame, il m'était assez difficile de faire autrement. Si j'avais pu ne suivre que mon inclination je serais revenu bien vite dans les environs de la rue de Bellechasse, après avoir satisfait le petit mouvement de curiosité que doivent nécessairement exciter les étrangetés de l'Orient.

— Je crois que bien des voyageurs en diraient autant s'ils étaient aussi francs que vous... Comment passe-t-on son temps à Constantinople et dans les autres villes de l'Orient ?

— Là, comme partout, il y a plusieurs manières de

1. Comme une malchance.

tuer le temps. Les Anglais[1] boivent, les Français jouent, les Allemands fument, et quelques gens d'esprit, pour varier leurs plaisirs, se font tirer des coups de fusil en grimpant sur les toits pour lorgner les femmes du pays.

— C'est probablement à cette dernière occupation que vous donniez la préférence[2].

— Point du tout. Moi, j'étudiais le turc et le grec, ce qui me couvrait de ridicule. Quand j'avais terminé les dépêches de l'ambassade, je dessinais, je galopais aux Eaux-Douces[3], et puis j'allais au bord de la mer voir s'il ne venait pas quelque figure humaine de France ou d'ailleurs.

— Ce devait être un grand plaisir pour vous de voir un Français à une si grande distance de la France ?

— Oui, mais pour un homme intelligent combien nous venait-il de marchands de quincaillerie[4] ou de cachemires ; ou, ce qui est bien pis, de jeunes poètes qui, du plus loin qu'ils voyaient quelqu'un de l'ambassade, lui criaient : "Menez-moi voir les ruines, menez-moi à Sainte-Sophie, conduisez-moi aux montagnes, à la mer d'azur ; je veux voir les lieux où soupirait Héro[5] !" Puis, quand ils ont attrapé un bon coup de soleil, ils s'enferment dans leur chambre, et ne veulent plus rien voir que les derniers numéros du *Constitutionnel*[6].

— Vous voyez tout en mal, suivant votre vieille habitude. Vous n'êtes pas corrigé, savez-vous ? car vous êtes toujours aussi moqueur.

— Dites-moi, madame, s'il n'est pas bien permis à

---

1. Les *attachés* anglais (1833). **2.** Que vous *préfériez* (1833). **3.** Lieu de promenade à Constantinople. **4.** Marchand *d'huile* (1833). **5.** Autre couple d'amoureux légendaires, dont l'histoire a été racontée par Musée : Léandre devait traverser le Bosphore à la nage pour retrouver Héro ; nouveau catalogue de « lieux communs » remplis de couleur locale à usage des touristes. **6.** Journal d'opposition. Mérimée fait allusion au *Constitutionnel* au début de *La Partie de trictrac*, comme l'ultime recours des gens qui s'ennuient.

un damné qui frit dans sa poêle de s'égayer un peu aux dépens de ses camarades de friture ? D'honneur ! Vous ne savez pas combien la vie que nous menons là-bas est misérable. Nous autres secrétaires d'ambassade, nous ressemblons aux hirondelles qui ne se posent jamais. Pour nous, point de ces relations intimes qui font le bonheur de la vie... ce me semble. (Il prononça ces derniers mots avec un accent singulier et en se rapprochant de Julie.) Depuis six ans je n'ai trouvé personne avec qui je pusse échanger mes pensées.

— Vous n'aviez donc pas d'amis là-bas ?

— Je viens de vous dire qu'il est impossible d'en avoir en pays étranger. J'en avais laissé deux en France. L'un est mort ; l'autre est maintenant en Amérique, d'où il ne reviendra que dans quelques années, si la fièvre jaune ne le retient pas.

— Ainsi, vous êtes seul ?...

— Seul.

— Et la société des femmes, quelle est-elle dans l'Orient ? Est-ce qu'elle ne vous offre pas quelques ressources ?

— Oh ! pour cela, c'est le pire de tout. Quant aux femmes turques, il n'y faut pas songer. Des Grecques et des Arméniennes, ce qu'on peut dire de mieux à leur louange, c'est qu'elles sont fort jolies. Pour les femmes des consuls et des ambassadeurs, dispensez-moi de vous en parler. C'est une question diplomatique ; et si j'en disais ce que j'en pense, je pourrais me faire tort aux Affaires étrangères.

— Vous ne paraissez pas aimer beaucoup votre carrière. Autrefois vous désiriez avec tant d'ardeur entrer dans la diplomatie !

— Je ne connaissais pas encore le métier. Maintenant je voudrais être inspecteur des boues de Paris [1] !

— Ah ! Dieu ! Comment pouvez-vous dire cela ? Paris ! le séjour le plus maussade de la terre !

---

1. Fonctionnaire du service de la voirie et des égouts.

— Ne blasphémez pas. Je voudrais entendre votre palinodie à Naples, après deux ans de séjour en Italie.

— Voir Naples, c'est ce que je désirerais le plus au monde, répondit-elle en soupirant... pourvu que mes amis fussent avec moi.

— Oh ! à cette condition je ferais le tour du monde. Voyager avec ses amis ! mais c'est comme si l'on restait dans son salon tandis que le monde passerait devant vos fenêtres comme un panorama[1] qui se déroule.

— Eh bien, si c'est trop demander, je voudrais voyager avec un... avec deux amis seulement.

— Pour moi, je ne suis pas si ambitieux ; je n'en voudrais qu'un seul, ou qu'une seule, ajouta-t-il en souriant. Mais c'est un bonheur qui ne m'est jamais arrivé... et qui ne m'arrivera pas », reprit-il avec un soupir. Puis, d'un ton plus gai : « En vérité, j'ai toujours joué de malheur. Je n'ai jamais désiré bien vivement que deux choses, et je n'ai pu les obtenir.

— Qu'était-ce donc ?

— Oh ! rien de bien extravagant. Par exemple, j'ai désiré passionnément pouvoir valser avec quelqu'un... J'ai fait des études approfondies sur la valse. Je me suis exercé pendant des mois entiers, seul, avec une chaise pour surmonter l'étourdissement qui ne manquait jamais d'arriver, et quand je suis parvenu à n'avoir plus de vertiges...

— Et avec qui désiriez-vous valser ?

— Si je vous disais que c'était avec vous ?... Et quand j'étais devenu, à force de peines, un valseur consommé, votre grand-mère, qui venait de prendre un confesseur janséniste[2], défendit la valse par un ordre du jour que j'ai encore sur le cœur.

---

1. Spectacle constitué d'un vaste tableau circulaire en trompe-l'œil, et destiné à être regardé de l'intérieur. **2.** Courant de la piété catholique, le jansénisme, d'une grande rigueur, proscrit bals et spectacles.

— Et votre second souhait ?... demanda Julie fort troublée.

— Mon second souhait, je vous l'abandonne. J'aurais voulu, c'était par trop ambitieux de ma part, j'aurais voulu être aimé... mais aimé... C'est avant la valse que je souhaitais ainsi, et je ne suis pas l'ordre chronologique... J'aurais voulu, dis-je, être aimé par une femme qui m'aurait préféré à un bal, — le plus dangereux de tous les rivaux ; — par une femme que j'aurais pu venir voir avec des bottes crottées au moment où elle se disposerait à monter en voiture pour aller au bal. Elle aurait été en grande toilette, et elle m'aurait dit : *Restons*. Mais c'était de la folie. On ne doit demander que des choses possibles.

— Que vous êtes méchant ! Toujours vos remarques ironiques ! Rien ne trouve grâce devant vous. Vous êtes impitoyable [1] pour les femmes.

— Moi ! Dieu m'en préserve ! C'est de moi plutôt que je médis. Est-ce dire du mal des femmes que de soutenir qu'elles préfèrent une soirée agréable... à un tête-à-tête avec moi ?

— Un bal !... une toilette !... Ah ! mon Dieu !... Qui aime le bal maintenant !... »

Elle ne pensait guère à justifier tout son sexe mis en cause, elle croyait entendre la pensée de Darcy, et la pauvre femme n'entendait que son propre cœur [2].

« À propos de toilette et de bal, quel dommage que nous ne soyons plus en carnaval ! J'ai rapporté un costume de femme grecque qui est charmant, et qui vous irait à ravir.

— Vous m'en ferez un dessin pour mon album.

— Très volontiers. Vous verrez quels progrès j'ai faits depuis le temps où je crayonnais des bonshommes sur la table à thé de madame votre mère. À propos, madame, j'ai un compliment à vous faire ; on m'a dit ce matin au ministère que M. de Chaverny allait être

---

1. Vous êtes *toujours à dire du mal des femmes* (1833).
2. Addition de (1842).

nommé gentilhomme de la chambre. Cela m'a fait grand plaisir. »

Julie tressaillit involontairement.

Darcy poursuivit sans s'apercevoir de ce mouvement :

« Permettez-moi de vous demander votre protection dès à présent... Mais, au fond, je ne suis pas trop content de votre nouvelle dignité. Je crains que vous ne soyez obligée d'aller habiter Saint-Cloud [1] pendant l'été, et alors j'aurai moins souvent l'honneur de vous voir.

— Jamais je n'irai à Saint-Cloud, dit Julie d'une voix fort émue.

— Oh ! tant mieux, car Paris, voyez-vous, c'est le paradis, dont il ne faut jamais sortir que pour aller de temps en temps dîner à la campagne chez Mme Lambert, à condition de revenir le soir. Que vous êtes heureuse, madame, de vivre à Paris ! Moi qui n'y suis peut-être que pour peu de temps, vous n'avez pas d'idée combien je me trouve heureux dans le petit appartement que ma tante m'a donné. Et vous, vous demeurez, m'a-t-on dit, dans le faubourg Saint-Honoré [2]. On m'a indiqué votre maison. Vous devez avoir un jardin délicieux [3], si la manie de bâtir n'a pas changé déjà vos allées en boutiques.

— Non, mon jardin est encore intact, Dieu merci.

— Quel jour recevez-vous, madame ?

— Je suis chez moi à peu près tous les soirs. Je serai charmée que vous vouliez bien me venir voir quelquefois.

— Vous voyez, madame, que je fais comme si notre ancienne *alliance* subsistait encore. Je m'invite moi-même sans cérémonie et sans présentation officielle. Vous me pardonnerez, n'est-ce pas ?... Je ne connais plus que vous à Paris et Mme Lambert. Tout le monde m'a oublié, mais vos deux maisons sont les seules que

---

1. Résidence de la Cour. **2.** Quartier élégant de la rive droite.
3. Jardin *magnifique* (1833 ; 1842).

j'aie regrettées dans mon exil. Votre salon surtout doit être charmant. Vous qui choisissiez si bien vos amis[1] !... Vous rappelez-vous les projets que vous faisiez autrefois pour le temps où vous seriez maîtresse de maison ? Un salon inaccessible aux ennuyeux ; de la musique quelquefois, toujours de la conversation, et bien tard ; point de gens à prétentions, un petit nombre de personnes se connaissant parfaitement et qui par conséquent ne cherchent point à mentir ni à faire de l'effet... Deux ou trois femmes spirituelles avec cela (et il est impossible que vos amies ne le soient pas...), et votre maison est la plus agréable de Paris. Oui, vous êtes la plus heureuse des femmes, et vous rendez heureux tous ceux qui vous approchent. »

Pendant que Darcy parlait, Julie pensait que ce bonheur qu'il décrivait avec tant de vivacité, elle aurait pu l'obtenir si elle eût été mariée à un autre homme... à Darcy, par exemple. Au lieu de ce salon imaginaire, si élégant et si agréable, elle pensait aux ennuyeux que Chaverny lui avait attirés... au lieu de ces conversations si gaies, elle se rappelait les scènes conjugales comme celle qui l'avait conduite à P... Elle se voyait enfin malheureuse à jamais, attachée pour la vie à la destinée d'un homme qu'elle haïssait et qu'elle méprisait ; tandis que celui qu'elle trouvait le plus aimable du monde, celui qu'elle aurait voulu charger du soin d'assurer son bonheur, devait demeurer toujours un étranger pour elle. Il était de son devoir de l'éviter, de s'en séparer... et il était si près d'elle, que les manches de sa robe étaient froissées par le revers de son habit[2] !

Darcy continua quelque temps à peindre les plaisirs de la vie de Paris avec toute l'éloquence que lui donnait une longue privation. Julie cependant sentait ses larmes couler le long de ses joues. Elle tremblait que Darcy ne s'en aperçût, et la contrainte qu'elle s'imposait ajoutait encore à la force de son émotion. Elle

1. Vos *connaissances* (1833). **2.** Reprise, inversée, de la scène avec monsieur de Chaverny, au chapitre II.

étouffait ; elle n'osait faire un mouvement. Enfin un sanglot lui échappa et tout fut perdu. Elle tomba la tête dans ses mains, à moitié suffoquée par les larmes et la honte.

Darcy, qui ne pensait à rien moins, fut bien étonné. Pendant un instant la surprise le rendit muet ; mais, les sanglots redoublant, il se crut obligé de parler et de demander la cause de ces larmes si soudaines.

« Qu'avez-vous, madame ? Au nom de Dieu, madame... répondez-moi. Que vous arrive-t-il ?... »

Et comme la pauvre Julie, à toutes ces questions, serrait avec plus de force son mouchoir sur ses yeux, il lui prit la main et, écartant doucement le mouchoir :

« Je vous en conjure, madame, dit-il d'un ton de voix altéré qui pénétra Julie jusqu'au fond du cœur, je vous en conjure, qu'avez-vous ? Vous aurais-je offensée involontairement ?... Vous me désespérez par votre silence.

— Ah ! s'écria Julie ne pouvant plus se contenir, je suis bien malheureuse ! » et elle sanglota plus fort.

« Malheureuse ! Comment ?... Pourquoi ?... qui peut vous rendre malheureuse ? répondez-moi. »

En parlant ainsi, il lui serrait les mains, et sa tête touchait presque celle de Julie, qui pleurait[1] au lieu de répondre. Darcy ne savait que penser, mais il était touché de ses larmes. Il se trouvait rajeuni de six ans, et il commençait à entrevoir dans un avenir qui ne s'était pas encore présenté à son imagination, que du rôle de confident il pourrait bien passer à un autre plus élevé[2].

Comme elle s'obstinait à ne pas répondre, Darcy, craignant qu'elle ne se trouvât mal, baissa une des glaces de la voiture, détacha les rubans du chapeau de Julie, écarta son manteau et son châle. Les hommes sont gauches à rendre ces soins. Il voulait faire arrêter la voiture auprès d'un village, et il appelait déjà le

---

1. Pleurait *toujours* (1833 ; 1842). **2.** Imagination, *que Julie pourrait bien un jour être à lui* (1833).

cocher, lorsque Julie, lui saisissant le bras, le supplia de ne pas faire arrêter, et l'assura qu'elle était beaucoup mieux. Le cocher n'avait rien entendu, et continuait à diriger ses chevaux vers Paris.

« Mais je vous en supplie, ma chère madame de Chaverny, dit Darcy en reprenant une main qu'il avait abandonnée un instant, je vous en conjure, dites-moi, qu'avez-vous ? Je crains... Je ne puis comprendre comment j'ai été assez malheureux pour vous faire de la peine.

— Ah ! ce n'est pas vous ! s'écria Julie ; et elle lui serra un peu la main.

— Eh bien, dites-moi, qui peut vous faire ainsi pleurer ? parlez-moi avec confiance. Ne sommes-nous pas d'anciens amis ? ajouta-t-il en souriant et serrant à son tour la main de Julie.

— Vous me parliez du bonheur dont vous me croyez entourée... et ce bonheur est si loin de moi !

— Comment ! N'avez-vous pas tous les éléments du bonheur... ? Vous êtes jeune, riche, jolie... Votre mari tient un rang distingué dans la société...

— Je le déteste ! s'écria Julie hors d'elle-même ; je le méprise ! » Et elle cacha sa tête dans son mouchoir en sanglotant plus fort que jamais.

« Oh ! oh ! pensa Darcy, ceci devient fort grave. »

Et, profitant avec adresse de tous les cahots de la voiture pour se rapprocher[1] davantage de la malheureuse Julie :

« Pourquoi, lui disait-il de la voix la plus douce et la plus tendre du monde, pourquoi vous affliger ainsi ? Faut-il qu'un être que vous méprisez ait autant d'influence sur votre vie ? Pourquoi lui permettez-vous d'empoisonner lui seul votre bonheur ? Mais est-ce donc à lui que vous devez demander ce bonheur ?... »

Et il lui baisa le bout des doigts ; mais comme elle retira aussitôt sa main avec terreur, il craignit d'avoir

---

1. *Il attirait la malheureuse Julie encore plus près de lui* (1833).

été trop loin... Mais, déterminé à voir la fin de l'aventure, il dit en soupirant d'une façon assez hypocrite :

« Que j'ai été trompé ! Lorsque j'ai appris votre mariage, j'ai cru que M. de Chaverny vous plaisait réellement.

— Ah ! monsieur Darcy, vous ne m'avez jamais connue ! »

Le ton de sa voix disait clairement : « Je vous ai toujours aimé, et vous n'avez pas voulu vous en apercevoir. » La pauvre femme croyait en ce moment, de la meilleure foi du monde, qu'elle avait toujours aimé Darcy, pendant les six années qui venaient de s'écouler, avec autant d'amour qu'elle en sentait pour lui dans ce moment.

« Et vous ! s'écria Darcy en s'animant, vous, madame, m'avez-vous jamais connu ? Avez-vous jamais su quels étaient mes sentiments ? Ah ! si vous m'aviez mieux connu, nous serions sans doute heureux maintenant l'un et l'autre.

— Que je suis malheureuse ! répéta Julie avec un redoublement de larmes, et en lui serrant la main avec force.

— Mais quand même vous m'auriez compris, madame, continua Darcy avec cette expression de mélancolie ironique qui lui était habituelle, qu'en serait-il résulté ? J'étais sans fortune ; la vôtre était considérable ; votre mère m'eût repoussé avec mépris. — J'étais condamné d'avance. — Vous-même, oui, vous, Julie, avant qu'une fatale expérience ne vous eût montré où est le véritable bonheur, vous auriez sans doute ri de ma présomption, et une voiture bien vernie, avec une couronne de comte sur les panneaux [1], aurait été sans doute alors le plus sûr moyen de vous plaire.

— Ô Ciel ! et vous aussi ! Personne n'aura donc pitié de moi ?

— Pardonnez-moi, chère Julie ! s'écria-t-il très ému lui-même ; pardonnez-moi, je vous en supplie. Oubliez

---

1. Emblème héraldique ornant les portières des voitures.

ces reproches ; non, je n'ai pas le droit de vous en faire, moi. — Je suis plus coupable que vous... Je n'ai pas su vous apprécier. Je vous ai crue faible comme les femmes du monde où vous viviez ; j'ai douté de votre courage, chère Julie, et j'en suis cruellement puni !... »

Il baisait avec feu ses mains, qu'elle ne retirait plus ; il allait la presser sur son sein [1]... mais Julie le repoussa avec une vive expression de terreur et s'éloigna de lui autant que la largeur de la voiture pouvait le lui permettre.

Sur quoi Darcy, d'une voix dont la douceur même rendait l'expression plus poignante [2] :

« Excusez-moi, madame, j'avais oublié Paris. Je me rappelle maintenant qu'on s'y marie, mais qu'on n'y aime point.

— Oh ! oui, je vous aime », murmura-t-elle en sanglotant ; et elle laissa tomber sa tête sur l'épaule de Darcy.

Darcy la serra dans ses bras avec transport, cherchant à arrêter ses larmes par des baisers. Elle essaya encore de se débarrasser de son étreinte, mais cet effort fut le dernier qu'elle tenta.

---

1. *Alors Darcy passant un bras derrière elle l'attira tout à fait* sur son sein (1833). **2.** *Sur quoi Darcy avait son sourire diabolique et, d'une voix dont la douceur même rendait l'expression plus poignante : « Vous êtes en toilette, madame... Pardonnez-moi, j'oubliais votre belle robe. » Julie poussa un cri étouffé.* Darcy (1833).

XII

Darcy s'était trompé sur la nature de son émotion : il faut bien le dire, il n'était pas amoureux[1]. Il avait profité d'une bonne fortune qui semblait se jeter à sa tête, et qui méritait bien qu'on ne la laissât pas s'échapper. D'ailleurs, comme tous les hommes, il était beaucoup plus éloquent pour demander que pour remercier. Cependant il était poli, et la politesse tient lieu souvent de sentiments plus respectables. Le premier mouvement d'ivresse passé, il débitait donc à Julie des phrases tendres qu'il composait sans trop de peine, et qu'il accompagnait de nombreux baisements de main qui lui épargnaient autant de paroles. Il voyait sans regret que la voiture était déjà aux barrières, et que dans peu de minutes il allait se séparer de sa conquête. Le silence de Mme de Chaverny au milieu de ses protestations, l'accablement dans lequel elle paraissait plongée, rendaient difficile, ennuyeuse même, si j'ose le dire, la position de son nouvel amant.

Elle était immobile, dans un coin de la voiture, serrant machinalement son châle contre son sein. Elle ne pleurait plus ; ses yeux étaient fixes, et lorsque Darcy lui prenait la main pour la baiser, cette main, dès qu'elle était abandonnée, retombait sur ses genoux comme morte. Elle ne parlait pas, entendait à peine mais une foule de pensées déchirantes se présentaient à la fois à son esprit, et, si elle voulait en exprimer une, une autre à l'instant venait lui fermer la bouche.

---

1. Darcy n'était pas amoureux (1833).

Comment rendre le chaos de ces pensées, ou plutôt de ces images qui se succédaient avec autant de rapidité que les battements de son cœur ? Elle croyait entendre à ses oreilles des mots sans liaison et sans suite, mais tous avec un sens terrible. Le matin elle avait accusé son mari, il était vil à ses yeux ; maintenant elle était cent fois plus méprisable. Il lui semblait que sa honte était publique — La maîtresse du duc de H*** la repousserait à son tour. — Mme Lambert, tous ses amis ne voudraient plus la voir. — Et Darcy ? — L'aimait-il ? — Il la connaissait à peine. — Il l'avait oubliée. — Il ne l'avait pas reconnue tout de suite. — Peut-être l'avait-il trouvée bien changée. — Il était froid pour elle : c'était là le coup de grâce. Son entraînement pour un homme qui la connaissait à peine, qui ne lui avait pas montré de l'amour... mais de la politesse seulement. — Il était impossible qu'il l'aimât. — Elle-même, l'aimait-elle ? — Non, puisqu'elle s'était mariée lorsqu'à peine il venait de partir.

Quand la voiture entra dans Paris, les horloges sonnaient une heure. C'était à quatre heures qu'elle avait vu Darcy pour la première fois. — Oui, *vu*, — elle ne pouvait dire *revu*... Elle avait oublié ses traits, sa voix ; c'était un étranger pour elle... Neuf heures après, elle était devenue sa maîtresse !... Neuf heures avaient suffi pour cette singulière fascination... avaient suffi pour qu'elle fût déshonorée à ses propres yeux, aux yeux de Darcy lui-même ; car que pouvait-il penser d'une femme aussi faible ? Comment ne pas la mépriser ?

Parfois la douceur de la voix de Darcy, les paroles tendres qu'il lui adressait, la ranimaient un peu. Alors elle s'efforçait de croire qu'il sentait réellement l'amour dont il parlait. Elle ne s'était pas rendue si facilement. — Leur amour durait depuis longtemps lorsque Darcy l'avait quittée. — Darcy devait savoir qu'elle ne s'était mariée que par suite du dépit que son départ lui avait fait éprouver. — Les torts étaient du côté de Darcy. — Pourtant, il l'avait toujours aimée pendant sa longue absence. — Et, à son retour, il avait été heureux de la retrouver aussi constante que lui. — La franchise de son aveu, — sa faiblesse même, devaient plaire à Darcy, qui détestait la dissimulation. — Mais l'absurdité de ces raisonnements lui apparaissait bientôt. — Les idées consolantes s'évanouissaient, et elle restait en proie à la honte et au désespoir.

Un moment elle voulut exprimer ce qu'elle sentait. Elle venait de se représenter qu'elle était proscrite par le monde, abandonnée par sa famille. Après avoir si grièvement offensé son mari, sa fierté ne lui permettait pas de le revoir jamais. « Je suis aimée de Darcy, se dit-elle ; je ne puis aimer que lui. Sans lui je ne puis être heureuse. — Je serai heureuse partout avec lui. Allons ensemble dans quelque lieu où jamais je ne puisse voir une figure qui me fasse rougir. Qu'il m'emmène avec lui à Constantinople... »

Darcy était à cent lieues de deviner ce qui se passait dans le cœur de Julie. Il venait de remarquer qu'ils entraient dans la rue habitée par Mme de Chaverny, et remettait ses gants glacés avec beaucoup de sang-froid.

« À propos, dit-il, il faut que je sois présenté officiellement à M. de Chaverny... Je suppose que nous serons bientôt bons amis. Présenté par Mme Lambert, je serai sur un bon pied dans votre maison. En attendant, puisqu'il est à la campagne, je puis vous voir ? »

La parole expira sur les lèvres de Julie. Chaque mot de Darcy était un coup de poignard. Comment parler de fuite, d'enlèvement, à cet homme si calme, si froid, qui ne pensait qu'à arranger sa liaison pour l'été, de la manière la plus commode ? Elle brisa avec rage la chaîne d'or qu'elle portait au cou, et tordit les chaînons entre ses doigts. La voiture s'arrêta à la porte de la maison qu'elle occupait. Darcy fut fort empressé à lui arranger son châle sur les épaules, à rajuster son chapeau convenablement[1]. Lorsque la portière s'ouvrit, il

---

1. Convenablement, *enfin à réparer toutes les traces de désordre qui auraient pu la trahir* (1833).

lui présenta la main de l'air le plus respectueux, mais Julie s'élança à terre sans vouloir s'appuyer sur lui.

« Je vous demanderai la permission, madame, dit-il en s'inclinant profondément, de venir savoir de vos nouvelles.

— Adieu ! » dit Julie d'une voix étouffée.

Darcy remonta dans son coupé, et se fit ramener chez lui en sifflant de l'air d'un homme très satisfait de sa journée.

XIII

Aussitôt qu'il se retrouva dans son appartement de garçon, Darcy passa une robe de chambre turque, mit des pantoufles, et, ayant chargé de tabac de Latakié une longue pipe dont le tuyau était de merisier de Bosnie et le bouquin[1] d'ambre blanc, il se mit en devoir de la savourer en se renversant dans une grande bergère garnie de maroquin et dûment rembourrée. Aux personnes qui s'étonneraient de le voir dans cette vulgaire occupation au moment où peut-être il aurait dû rêver plus poétiquement, je répondrai qu'une bonne pipe est utile, sinon nécessaire, à la rêverie, et que le véritable moyen de bien jouir d'un bonheur, c'est de l'associer à un autre bonheur. Un de mes amis, homme fort sensuel, n'ouvrait jamais une lettre de sa maîtresse avant d'avoir ôté sa cravate, attisé le feu si l'on était en hiver, et s'être couché sur un canapé commode.

« En vérité, se dit Darcy, j'aurais été un grand sot si j'avais suivi le conseil de Tyrrel, et si j'avais acheté une esclave grecque pour l'amener à Paris. Parbleu ! c'eût été, comme disait mon ami Haleb-Effendi, c'eût été porter des figues à Damas. Dieu merci ! la civilisation a marché grand train pendant mon absence, et il ne paraît pas que la rigidité soit portée à l'excès... Ce pauvre Chaverny !... Ah ! ah ! Si pourtant j'avais été assez riche il y a quelques années, j'aurais épousé Julie et ce serait peut-être Chaverny qui l'aurait reconduite ce soir. Si je me marie jamais, je ferai visiter souvent

---

1. Partie de la pipe qui se met en bouche.

la voiture de ma femme, pour qu'elle n'ait pas besoin de chevaliers errants qui la tirent des fossés... Voyons, recordons-nous[1]. À tout prendre, c'est une très jolie femme, elle a de l'esprit, et, si je n'étais pas aussi vieux que je le suis, il ne tiendrait qu'à moi de croire que c'est à mon prodigieux mérite !... Ah ! mon prodigieux mérite !... Hélas ! hélas ! dans un mois peut-être, mon mérite sera au niveau de celui de ce monsieur à moustaches... Morbleu ! j'aurais bien voulu que cette petite Nastasia, que j'ai tant aimée, sût lire et écrire, et pût parler des choses avec les honnêtes gens, car je crois que c'est la seule femme qui m'ait aimé... Pauvre enfant !... » Sa pipe s'éteignit et il s'endormit bientôt.

---

1. Se rappeler ; italianisme, *ricordarsi*.

XIV

En rentrant dans son appartement, Mme de Chaverny rassembla toutes ses forces pour dire d'un air naturel à sa femme de chambre qu'elle n'avait pas besoin d'elle, et qu'elle la laissât seule. Aussitôt que cette fille fut sortie, elle se jeta sur son lit et là elle se mit à pleurer plus amèrement, maintenant qu'elle se trouvait seule, que lorsque la présence de Darcy l'obligeait à se contraindre.

La nuit a certainement une influence très grande sur les peines morales comme sur les douleurs physiques. Elle donne à tout une teinte lugubre, et les images qui, le jour, seraient indifférentes ou même riantes, nous inquiètent et nous tourmentent la nuit, comme des spectres qui n'ont de puissance que pendant les ténèbres. Il semble que, pendant la nuit, la pensée redouble d'activité, et que la raison perd son empire. Une espèce de fantasmagorie intérieure nous trouble et nous effraie sans que nous ayons la force d'écarter la cause de nos terreurs ou d'en examiner froidement la réalité.

Qu'on se représente la pauvre Julie étendue sur son lit, à demi habillée, s'agitant sans cesse, tantôt dévorée d'une chaleur brûlante, tantôt glacée par un frisson pénétrant, tressaillant au moindre craquement de la boiserie, et entendant distinctement les battements de son cœur. Elle ne conservait de sa position qu'une angoisse vague dont elle cherchait en vain la cause. Puis, tout d'un coup, le souvenir de cette fatale soirée passait dans son esprit aussi rapide qu'un éclair, et avec lui se réveillait une douleur vive et aiguë comme celle que produirait un fer rouge dans une blessure cicatrisée.

Tantôt elle regardait sa lampe, observant avec une attention stupide toutes les vacillations de la flamme jusqu'à ce que les larmes qui s'amassaient dans ses yeux, elle ne savait pourquoi, l'empêchassent de voir la lumière.

« Pourquoi ces larmes ? se disait-elle. Ah ! je suis déshonorée ! »

Tantôt elle comptait les glands des rideaux de son lit, mais elle n'en pouvait jamais retenir le nombre.

« Quelle est donc cette folie ? pensait-elle. Folie ? Oui, car il y a une heure je me suis donnée comme une misérable courtisane[1] à un homme que je ne connais pas. »

Puis elle suivait d'un œil hébété l'aiguille de sa pendule avec l'anxiété d'un condamné qui voit approcher l'heure de son supplice. Tout à coup la pendule sonnait :

« Il y a trois heures, disait-elle, tressaillant en sursaut, j'étais avec lui, et je suis déshonorée ! »

Elle passa toute la nuit dans cette agitation fébrile. Quand le jour parut, elle ouvrit sa fenêtre, et l'air frais et piquant du matin lui apporta quelque soulagement. Penchée sur la balustrade de sa fenêtre qui donnait sur le jardin, elle respirait l'air froid avec une espèce de volupté. Le désordre de ses idées se dissipa peu à peu. Aux vagues tourments, au délire qui l'agitaient, succéda un désespoir concentré qui était un repos en comparaison.

Il fallait prendre un parti. Elle s'occupa de chercher alors ce qu'elle avait à faire. Elle ne s'arrêta pas un moment à l'idée de revoir Darcy. Cela lui paraissait impossible ; elle serait morte de honte en l'apercevant. Elle devait quitter Paris où, dans deux jours, tout le

---

1. Comme une *fille* (1833).

monde la montrerait du doigt. Sa mère était à Nice ; elle irait la rejoindre, lui avouerait tout ; puis, après s'être épanchée dans son sein, elle n'avait plus qu'une chose à faire, c'était de chercher quelque endroit désert en Italie, inconnu aux voyageurs, où elle irait vivre seule, et mourir bientôt.

Cette résolution une fois prise, elle se trouva plus tranquille. Elle s'assit devant une petite table en face de la fenêtre, et, la tête dans ses mains, elle pleura, mais cette fois sans amertume. La fatigue et l'abattement l'emportèrent enfin, et elle s'endormit, ou plutôt elle cessa de penser pendant une heure à peu près.

Elle se réveilla avec le frisson de la fièvre. Le temps avait changé, le ciel était gris, et une pluie fine et glacée annonçait du froid et de l'humidité pour tout le reste du jour. Julie sonna sa femme de chambre.

« Ma mère est malade, lui dit-elle, il faut que je parte sur-le-champ pour Nice. Faites une malle, je veux partir dans une heure.

— Mais, madame, qu'avez-vous ? N'êtes-vous pas malade ?... Madame ne s'est pas couchée ! » s'écria la femme de chambre, surprise et alarmée du changement qu'elle observa sur les traits de sa maîtresse.

« Je veux partir, dit Julie d'un ton d'impatience, il faut absolument que je parte. Préparez-moi une malle. »

Dans notre civilisation moderne, il ne suffit pas d'un simple acte de volonté pour aller d'un lieu à un autre. Il faut faire des paquets, emporter des cartons, s'occuper de cent préparatifs ennuyeux qui suffiraient pour ôter l'envie de voyager. Mais l'impatience de Julie abrégea beaucoup toutes ces lenteurs nécessaires. Elle allait et venait de chambre en chambre, aidait elle-même à faire les malles, entassant sans ordre des bonnets et des robes accoutumés à être traités avec plus d'égards. Pourtant les mouvements qu'elle se donnait contribuaient plutôt à retarder ses domestiques qu'à les hâter.

« Madame a sans doute prévenu monsieur ? » demanda timidement la femme de chambre.

Julie, sans lui répondre, prit du papier ; elle écrivit : « Ma mère est malade à Nice. Je vais auprès d'elle. » Elle plia le papier en quatre, mais ne put se résoudre à y mettre une adresse.

Au milieu des préparatifs de départ, un domestique entra :

« M. de Châteaufort, dit-il, demande si madame est visible ; il y a aussi un autre monsieur qui est venu en même temps, que je ne connais pas : mais voici sa carte. »

Elle lut : « E. Darcy *secrétaire d'ambassade*. »

Elle put à peine retenir un cri.

« Je n'y suis pour personne ! s'écria-t-elle ; dites que je suis malade. Ne dites pas que je vais partir. »

Elle ne pouvait s'expliquer comment Châteaufort et Darcy venaient la voir en même temps, et, dans son trouble, elle ne douta pas que Darcy n'eût déjà choisi Châteaufort pour son confident. Rien n'était plus simple cependant que leur présence simultanée. Amenés par le même motif, ils s'étaient rencontrés à la porte ; et, après avoir échangé un salut très froid, ils s'étaient tout bas donnés au diable l'un l'autre de grand cœur.

Sur la réponse du domestique, ils descendirent ensemble l'escalier, se saluèrent de nouveau encore plus froidement, et s'éloignèrent chacun dans une direction opposée.

Châteaufort avait remarqué l'attention particulière que Mme de Chaverny avait montrée pour Darcy et, dès ce moment, il l'avait pris en haine. De son côté Darcy, qui se piquait d'être physionomiste, n'avait pu observer l'air d'embarras et de contrariété de Châteaufort sans en conclure qu'il aimait Julie ; et comme, en sa qualité de diplomate, il était porté à supposer le mal *a priori*, il avait conclu fort légèrement que Julie n'était pas cruelle pour Châteaufort.

« Cette étrange coquette, se disait-il à lui-même en

sortant n'aura pas voulu nous recevoir ensemble, de peur d'une scène d'explication comme celle du *Misanthrope*[1]... Mais j'ai été bien sot de ne pas trouver quelque prétexte pour rester et laisser partir ce jeune fat. Assurément, si j'avais attendu seulement qu'il eût le dos tourné, j'aurais été admis, car j'ai sur lui l'incontestable avantage de la nouveauté. »

Tout en faisant ces réflexions, il s'était arrêté, puis il s'était retourné, puis il rentrait dans l'hôtel de Mme de Chaverny. Châteaufort, qui s'était aussi retourné plusieurs fois pour l'observer, revint sur ses pas et s'établit en croisière à quelque distance pour le surveiller.

Darcy dit au domestique, surpris de le revoir, qu'il avait oublié de lui donner un mot pour sa maîtresse, qu'il s'agissait d'une affaire pressée et d'une commission dont une dame l'avait chargé pour Mme de Chaverny. Se souvenant que Julie entendait l'anglais, il écrivit sur sa carte au crayon : *Begs leave to ask when he can show to madame de Chaverny his turkish Album*[2]. Il remit sa carte au domestique, et dit qu'il attendait la réponse.

Cette réponse tarda longtemps. Enfin le domestique revint fort troublé.

« Madame, dit-il, s'est trouvée mal tout à l'heure et elle est trop souffrante maintenant pour pouvoir vous répondre. »

Tout cela avait duré un quart d'heure. Darcy ne croyait guère à l'évanouissement, mais il était bien évident qu'on ne voulait pas le voir. Il prit son parti philosophiquement ; et, se rappelant qu'il avait des visites à faire dans le quartier, il sortit sans se mettre autrement en peine de ce contretemps[3].

Châteaufort l'attendait dans une anxiété furieuse. En

---

1. Allusion à la scène 2 de l'acte V du *Misanthrope* de Molière ; les deux rivaux somment Célimène de choisir entre eux. **2.** *Begs leave to ask* : « Se permet de demander quand il pourra montrer son album turc à madame de Chaverny. » **3.** Refus. *Depuis longtemps Châteaufort l'attendait* (1833).

le voyant passer, il ne douta pas qu'il ne fût son rival heureux, et il se promit bien de saisir aux cheveux la première occasion de se venger de l'infidèle et de son complice. Le commandant Perrin, qu'il rencontra fort à propos, reçut sa confidence et le consola du mieux qu'il put, non sans lui remontrer le peu d'apparence de ses soupçons.

XV

Julie s'était bien réellement évanouie en recevant la seconde carte de Darcy. Son évanouissement fut suivi d'un crachement de sang qui l'affaiblit beaucoup. Sa femme de chambre avait envoyé chercher son médecin ; mais Julie refusa obstinément de le voir. Vers quatre heures les chevaux de poste étaient arrivés, les malles attachées : tout était prêt pour le départ. Julie monta en voiture, toussant horriblement et dans un état à faire pitié. Pendant la soirée et toute la nuit, elle ne parla qu'au valet de chambre assis sur le siège de la calèche, et seulement pour qu'il dît aux postillons de se hâter. Elle toussait toujours, et paraissait souffrir beaucoup de la poitrine ; mais elle ne fit pas entendre une plainte. Le matin elle était si faible, qu'elle s'évanouit lorsqu'on ouvrit la portière. On la descendit dans une mauvaise auberge où on la coucha. Un médecin de village fut appelé : il la trouva avec une fièvre violente, et lui défendit de continuer son voyage. Pourtant elle voulait toujours partir. Dans la soirée le délire vint, et tous les symptômes augmentèrent de gravité. Elle parlait continuellement et avec une volubilité si grande, qu'il était très difficile de la comprendre. Dans ses phrases incohérentes, les noms de Darcy, de Châteaufort et de Mme Lambert revenaient souvent. La femme de chambre écrivit à M. de Chaverny pour lui annoncer la maladie de sa femme ; mais elle était à près de trente lieues[1] de Paris, Chaverny chassait chez le duc de

1. Trente lieues : 130 kilomètres.

H***, et la maladie faisait tant de progrès, qu'il était douteux qu'il pût arriver à temps.

Le valet de chambre, cependant, avait été à cheval à la ville voisine et en avait amené un médecin. Celui-ci blâma les prescriptions de son confrère, déclara qu'on l'appelait bien tard et que la maladie était grave.

Le délire cessa au lever du jour, et Julie s'endormit alors profondément. Lorsqu'elle s'éveilla, deux ou trois jours après, elle parut avoir de la peine à se rappeler par quelle suite d'accidents elle se trouvait couchée dans une sale chambre d'auberge. Pourtant la mémoire lui revint bientôt. Elle dit qu'elle se sentait mieux, et parla même de repartir le lendemain. Puis, après avoir paru méditer longtemps en tenant la main sur son front, elle demanda de l'encre et du papier, et voulut écrire. Sa femme de chambre la vit commencer des lettres qu'elle déchirait toujours après avoir écrit les premiers mots. En même temps elle recommandait qu'on brûlât les fragments de papier. La femme de chambre remarqua sur plusieurs morceaux ce mot : *Monsieur* ; ce qui lui parut extraordinaire, dit-elle, car elle croyait que madame écrivait à sa mère ou à son mari. Sur un autre fragment elle lut : « *Vous devez bien me mépriser*[1]... »

Pendant près d'une demi-heure elle essaya inutilement d'écrire cette lettre, qui paraissait la préoccuper vivement. Enfin l'épuisement de ses forces ne lui permit pas de continuer : elle repoussa le pupitre qu'on avait placé sur son lit, et dit d'un air égaré à sa femme de chambre :

« Écrivez vous-même à M. Darcy.

— Que faut-il écrire, madame ? demanda la femme

---

1. Dans une lettre à madame de Beaulaincourt du 31 octobre 1867, Mérimée écrivait « Croyez-vous qu'il y ait des dames qui, après s'être données à leur amant lui disent *Vous allez bien me mépriser*, et des amants qui répondent *Parbleu !* », *Correspondance générale*, XIII, p. 654. Il avait trouvé cette phrase dans *Monsieur de Camors* d'Octave Feuillet ; manifestant son étonnement, il rappelait aussi combien cette phrase pouvait surprendre à son époque.

de chambre, persuadée que le délire allait recommencer.

— Écrivez-lui qu'il ne me connaît pas... que je ne le connais pas... »

Et elle retomba accablée sur son oreiller.

Ce furent les dernières paroles suivies qu'elle prononça. Le délire la reprit et ne la quitta plus. Elle mourut le lendemain sans grandes souffrances apparentes.

XVI

Chaverny arriva trois jours après son enterrement. Sa douleur sembla véritable, et tous les habitants du village pleurèrent en le voyant debout dans le cimetière, contemplant la terre fraîchement remuée qui couvrait le cercueil de sa femme. Il voulait d'abord la faire exhumer et la transporter à Paris ; mais le maire s'y étant opposé, et le notaire lui ayant parlé de formalités sans fin, il se contenta de commander une pierre de liais[1] et de donner des ordres pour l'érection d'un tombeau simple, mais convenable.

Châteaufort fut très sensible à cette mort si soudaine. Il refusa plusieurs invitations de bal, et pendant quelque temps on ne le vit que vêtu de noir.

---

1. Pierre calcaire.

XVII

Dans le monde on fit plusieurs récits de la mort de Mme de Chaverny. Suivant les uns, elle avait eu un rêve, ou, si l'on veut, un pressentiment qui lui annonçait que sa mère était malade. Elle en avait été tellement frappée qu'elle s'était mise en route pour Nice, sur-le-champ, malgré un gros rhume qu'elle avait gagné en revenant de chez Mme Lambert ; et ce rhume était devenu une fluxion de poitrine.

D'autres, plus clairvoyants, assuraient d'un air mystérieux que Mme de Chaverny, ne pouvant se dissimuler l'amour qu'elle ressentait pour M. de Châteaufort, avait voulu chercher auprès de sa mère la force d'y résister. Le rhume et la fluxion de poitrine étaient la conséquence de la précipitation de son départ. Sur ce point on était d'accord.

Darcy ne parlait jamais d'elle. Trois ou quatre mois après sa mort, il fit un mariage avantageux. Lorsqu'il annonça son mariage à Mme Lambert, elle lui dit en le félicitant :

« En vérité, votre femme est charmante, et il n'y a que ma pauvre Julie qui aurait pu vous convenir autant[1]. Quel dommage que vous fussiez trop pauvre pour elle quand elle s'est mariée ! »

Darcy sourit de ce sourire ironique qui lui était habituel, mais il ne répondit rien.

---

1. Convenir *mieux* (1833).

Ces deux cœurs qui se méconnurent étaient peut-être faits l'un pour l'autre[1].

---

1. Addition de (1842).

BIOGRAPHIE

1803 *28 septembre* : naissance, à Paris, 7, Carré Sainte-Geneviève, de Prosper Mérimée, fils de Léonor Mérimée et d'Anne-Louise Moreau.
1807 Léonor Mérimée est nommé Secrétaire de l'École des Beaux-Arts.
1812 Mérimée entre au lycée Napoléon (actuel lycée Henri-IV).
1820 Études de droit.
1822 Mérimée fait la connaissance de Stendhal.
1823 Mérimée passe sa licence de droit.
1824 Mérimée publie dans *Le Globe* quatre articles, non signés, sur le théâtre espagnol.
1825 Lecture, chez Delécluze, des premiers écrits : *Les Espagnols en Danemark, Une femme est un diable* ; publication du *Théâtre de Clara Gazul*.
1826 *Avril* : premier voyage en Angleterre.
1827 Publication de *La Guzla*.
1828 *Janvier* : Mérimée est blessé en duel par l'époux de sa maîtresse Émilie Lacoste. Il est reçu chez Cuvier.
1829 Publication de la *Chronique du règne de Charles IX*. La même année, Mérimée fait paraître, dans la *Revue de Paris, Mateo Falcone, Le Carrosse du Saint-Sacrement, La Vision de Charles XI, Tamango*, et, dans la *Revue française, L'Enlèvement de la Redoute*.
1830 *Juin-décembre* : voyage en Espagne ; Mérimée rencontre le comte et la comtesse de Montijo.

1831 *Janvier* : publication, dans la *Revue de Paris*, des premières *Lettres d'Espagne* ; *février* : Mérimée est nommé chef de bureau au Secrétariat général de la Marine ; *mars* : chef de cabinet du comte d'Argout, au ministère du Commerce ; *mai* : chevalier de la Légion d'Honneur ; *octobre* : début de la correspondance avec Jenny Dacquin.

1832 Nommé maître des requêtes. Rencontre Jenny Dacquin.

1833 *Avril* : brève liaison avec G. Sand ; *juin* : publication de *Mosaïque* ; *septembre* : *La Double Méprise*.

1834 *Mai* : Mérimée est nommé inspecteur des Monuments historiques ; *juillet-décembre* : première tournée d'inspection, voyage en Bourgogne, dans la vallée du Rhône, le Languedoc, la Provence.

1835 Publication des *Notes d'un voyage dans le midi de la France* ; *juillet-octobre* : voyage d'inspection en Bretagne et dans le Poitou.

1836 Liaison avec Valentine Delessert ; voyage d'inspection en Alsace et en Champagne ; *septembre* : mort du père de Mérimée ; *octobre* : publication des *Notes d'un voyage dans l'ouest de la France*.

1837 *Mai* : publication de *La Vénus d'Ille* dans la *Revue des Deux Mondes* ; voyage avec Stendhal jusqu'à Bourges. Mérimée poursuit jusqu'en Auvergne ; Mérimée et Stendhal sont reçus par la comtesse de Montijo à Versailles.

1838 *Juillet-septembre* : voyage dans l'ouest et dans le midi ; publication des *Notes d'un voyage en Auvergne*.

1839 Mérimée organise le réseau des correspondants du service des Monuments historiques ; *29 juin-7 octobre* : voyage en Corse ; *octobre-novembre* : séjour en Italie, en compagnie de Stendhal, visite de Rome ainsi que de Naples et de ses environs.

1840 Publication des *Notes d'un voyage en Corse*. *1er juillet* : publication de *Colomba* dans la *Revue des Deux Mondes*.

1841 *Juin* : tournée d'inspection en Normandie et en

Bretagne ; publication de l'*Essai sur la guerre sociale* ; *août-décembre* : voyage en Grèce et en Turquie.

1842 Mort de Stendhal.

1843 Mérimée est élu membre de l'Académie des Inscriptions et Belles-Lettres.

1844 Élection à l'Académie française.

1845 Publication de *Carmen* dans la *Revue des Deux Mondes*.

1850 Publication confidentielle de *H.B.*, recueil de souvenirs sur Stendhal.

1852 Mérimée est condamné à quinze jours de prison à la suite de ses articles parus dans la *Revue des Deux Mondes* sur le procès de son ami Libri, inculpé pour vol de livres précieux.

1853 Napoléon III épouse Eugénie de Montijo ; *juin* : Mérimée est nommé sénateur ; il fréquente la Cour ; *décembre* : il est élu membre étranger de la Society of Antiquaries de Londres.

1854 Rupture avec Valentine Delessert.

1856 Premier séjour à Cannes.

1860 Mérimée donne sa démission de l'Inspection générale des Monuments historiques.

1870 *Juillet* : guerre franco-allemande ; *août* : Mérimée essaie de s'entremettre entre l'impératrice et Thiers. *4 septembre* : proclamation de la République ; dernier séjour à Cannes. *23 septembre* : mort de Mérimée.

BIBLIOGRAPHIE

P. TRAHARD, P. JOSSERAND, *Bibliographie des œuvres de Prosper Mérimée*, Paris, Champion, 1929.

Œuvres de Mérimée

Mosaïque, éd. J. BALSAMO, Paris, Le Livre de Poche classique, 1995.

Colomba, éd. J. BALSAMO, Paris, Le Livre de Poche classique, 1995.

Carmen, éd. J. BALSAMO, Paris, Le Livre de Poche classique, 1996.

Œuvres. Théâtre de Clara Gazul, Romans et nouvelles, éd. J. MARTIN, P. SALOMON, Paris, Gallimard, « La Pléiade », 1978.

Nouvelles, éd. M. CROUZET, Paris, Imprimerie nationale, 2 volumes, 1987.

Correspondance générale, éd. M. PARTURIER, Paris, Le Divan, Toulouse, Privat, 1941-1964, 17 volumes ; (tome 1 : 1822-1835 ; tome 2 : 1836-1840).

Études biographiques

J. AUTIN, *Prosper Mérimée, écrivain, archéologue, homme politique*, Paris, Librairie académique Perrin, 1983.

J. FREUSTIÉ, *Prosper Mérimée*, Paris, Hachette, 1982.

E. MOREL, *Prosper Mérimée. L'Amour des pierres*. Paris, Hachette, 1988.

P. TRAHARD, *Prosper Mérimée de 1834 à 1853*, Paris, Champion, 1928.

Études littéraires

F.P. BOWMAN, *Mérimée. Heroism, Pessimism and Irony*, Berkeley, 1962.

J. CHABOT, *L'Autre Moi. Fantasmes et fantastique dans les nouvelles de Mérimée*, Aix-en-Provence, Edisud, 1983.

R.C. DALE, *The Poetics of Prosper Mérimée*, La Haye-Paris, Mouton, 1966.

A.J. GEORGE, *Short Fiction in France, 1800-1850*, New York, 1964.

J.W. HOVENKAMP, *Mérimée et la couleur locale*, Nimègue, 1928.

P. MOREAU, « Deux remarques sur la phrase de Mérimée », *Revue d'Histoire littéraire de la France*, 1924.

T. OZWALD, « La nouvelle mériméenne : entre atticisme et mutisme », *La Licorne*, XXI, 1991.

A.W. RAITT, *Prosper Mérimée*, Londres, Eyre and Spottiswoode, 1970.

M. SAN MIGUEL, *Mérimée ; erudición y creación literaria*, Salamanque, 1984.

P. TRAHARD, *Prosper Mérimée et l'art de la nouvelle*, Paris, 1941.

Table

Composition réalisée par NORD COMPO

IMPRIMÉ EN FRANCE PAR BRODARD ET TAUPIN
La Flèche (Sarthe).
N° d'imprimeur : 2615 – Dépôt légal Édit. 3253-06/2000
LIBRAIRIE GÉNÉRALE FRANÇAISE - 43, quai de Grenelle - 75015 Paris.
ISBN : 2 - 253 - 14906 -3

31/4906/9